ブレイド　バスタード
—迷宮街冒険奇譚—
4
蝸牛くも Kumo Kagyu
Illustration so-bin

CONTENTS

BLADE & BASTARD –Dungeon Chronicle–

目次

「ラームサームです」

視界いっぱいに、
ウサギの前歯、
異様に鋭いそれが
広がり、迫り――……。

「あ」
と思った瞬間には、
そのウサギが跳んでいた。
そりゃあ
ウサギだから跳ねる。
そんな思考が、
現実に追いつかない。

同じ顔を中央で半々に分けた二人の双子が、
輪唱でもするように声を重ねて名乗った。

「サームラームです」

ブレイド&バスタード
—迷宮街冒険奇譚—

BLADE & BASTARD –Dungeon Chronicle–

4

蝸牛くも Kumo Kagyu
Illustration so-bin

第一章
オールスターズ-1

《スケイル》の街は、凪《な》いだ海のようだった。

時折風が吹き、嵐が起こったとしても、それは嘘《うそ》のように消え去って、日常の喧騒《けんそう》だけが続く。

表沙汰にならなかった魔神の群れはもとより、火竜の騒動だとてそれは変わらない。

あれらは僅《わず》かな漣《さざなみ》を水面に残しこそしたが、けれど、それだけの事だ。

英雄は常に英雄として扱われるが、持て囃《はや》されるのは一時のこと――……。

ましてや、『英雄の仲間の盗賊』に関して言えば、注目されるわけもなく。

その日も黒髪の少年が《スケイル》の大路を急ぎ足で歩いていても、誰が咎《とが》めることもなかった。

ララジャにとっては、それはありがたい事ではあった――目立つ盗賊だなんて、未熟そのものだ。

そう思えば目立たぬ事は嬉《うれ》しい――嬉しいが、かといって喜ぶのも子供っぽい……。

――つか、子供だよな。

だから彼は努めて誇らしい素振りを表に出さぬよう、普段と同じ足取りを意識して保った。

だがもし見るべき者が見れば――モラディンなぞは――にやにや笑いを隠さなかったろう。

真に熟達した盗賊とはそういうもので、ララジャは今まさに、その高みを目指しているのだ。

目印は、緩く弧を描いて伸びる猫の尻尾《キャットロブ》の看板。

《キャットロブ商店《トレーディングポスト》》。

扉には開店《オープン》の札が申し訳程度に引っかかっている。

多くの冒険者が贔屓《ひいき》にしているこの店は、繁盛しているにもかかわらず、いつも静まり返っている。

店が開いているかどうかを知らせるのは、この札一枚きり。

だがララジャはこの札がいつ裏返しになっているのかを知らない。裏側があるのかさえも。

「おい、来たぜ」

遠慮なく扉を開けると、薄暗い穴蔵のような店内はひっそりと静まり返って、人の気配がない。

――けど、そう感じられるだけだ。

このダンジョンの玄室にも似た、所狭しと武具の並んだ店には、常に一人、いるのだから。

姿を探せば、すぐに見つかる。だが、それは探そうとすればの話だ。

人がいるとさえ思わなければ、誰も探したりはしない。

男はやはり、今日も帳場の奥に、まるで影に溶けるようにしてそこにいた。

気配を殺してすらいない。周囲に並ぶ棚や甲冑《かっちゅう》掛けのように、始めからそこにある物のように。

ララジャは呼びかけてから、するりと遠慮なく帳場を乗り越えてその裏側へと身を送る。

そこまでやって、やっとミスター・キャットロブはその光の無い目をじろりと彼に向けるのだ。

「来たな」

商品を磨いていたのか、収集物の手入れか、あるいはそれ以外の何かか。

キャットロブが帳場の裏で何をやっているのかを、ララジャは探らないようにしていた。

遠慮はないが、常に敬意――あるいは警戒――は抱かねばならない。

曲がりなりにも、何かを教わるのであれば。

「では、今日はこれだ」

そう言ってキャットロブが引っ張り出し、ごとりと重い音を立てて置いたのは、一つの箱だ。

宝箱――それも《迷宮《ダンジョン》》で見つかる奴と、遜色ない類《たぐい》の。罠《わな》も含めて。

この店では、こんなものも扱っているのか。

以前そう問うたララジャに「売り物だ」と彼は言った。「売値もつかんが」と付け加えたが。

「好きなだけ時間をかけろ。その間、店番をしろ」

「へいへい……」

つまりは、これがララジャの授業であり、授業料であった。

否《いな》やはない。安全な場所で指導を受けながら、宝箱の開封技術を学べるのだ。願ったりだ。

その分、店番だろうが棚卸しだろうが、何だってやってやるつもりだった。

そしてララジャが励んでいる間、店主たるキャットロブは裏で好きなことを好きなようにやれる。

ララジャは宝箱――ずしりと重い――を帳場の上に持ち上げ、すぐに開封作業にかかった。

それに用いるのは当然、キャットロブの指導を受けながら自作し直した、盗賊の七つ道具だ。

キャットロブ曰《いわ》く、盗賊の用いる道具というのは、得てしてそういうものらしい。

「迷宮で盗賊のピックが見つかることもある。が、あれは毒針避《よ》けになるという程度のものだ」

つまり結局、物を言うのは盗賊の手先の早業、道具も含めた知識と経験、技量となる。

もちろん、ただ宝箱を突き回していれば――店の客の相手をしていれば良いというわけではない。

ある日、こんな事があった。

薄暗い店にするりと入り込んできたのは、何処《どこ》にでもいるような一人の冒険者だった。

「いらっしゃい」

戦士――だったろうか。よく覚えてはいない。ララジャはその時、宝箱に夢中だったのだ。

「買い取りを頼みたいんだが」

「あいよ……っと」

無論のこと、商品の識別、鑑定などララジャにはできない。

だが帳場に置かれたその指輪には、思わず目を見開いた。

いや、指輪そのものより――ぼそりとキャットロブが呟《つぶや》いた、その言葉にだ。

「回復の指輪だな。買い取りなら金貨で十五万枚」

「じゅうごま……ッ」

ちらりとキャットロブの様子を窺《うかが》えば、陰気な顔をしたエルフは無反応。

このくらいの商いは、この店では日常茶飯事だということか。

確かに《スケイル》ならば……そして魔法の指輪ともなれば、それぐらいの額はありうるのか。

ララジャはぎくしゃくとした様子で客を窺うと、相手はひどくそっけない口調で言った。

「それで頼む」

頼まれてしまってはしかたがない。

ララジャは帳場の裏から金貨袋を、間違えないように数え直して取り出して、帳場の上に並べた。

算術に疎いララジャでも、このくらいの数は数えられる。十五袋。間違いはあるまい。

男が頷《うなず》き、取引は成立。ララジャは指輪に手を伸ばした。

失敗というのなら、その時、ほんの一瞬、男から目を逸《そ》らしたことだろう。

「あ、あれ……!?」

次の瞬間には男の姿も、指輪も、金貨袋も、忽然《こつぜん》と消え失《う》せていたのだ。

つまりは――泥棒、詐欺、そういった類だと知ったのは、その後の事。

キャットロブはくすりともせず、失態を犯したラジャに「よくある手口だ」と言った。

「今頃は酒場にいるだろう」

探しても無駄だ――……と、キャットロブは言う。

あの手の冒険者は何処の誰ともわからぬものだ。

《闘神の酒場《ドゥルガー》》に乗り込んで、探し回ったところで、顔の判別なぞつくまい。

「この店をぼったくりだと罵《ののし》るわりに、ああいう手合いもいるのさ」

――まったく……!

忌々《いまいま》しいのは、本当に探しても誰だかわからず見当もつかなかった事だ。

始めから店には誰も訪れていなかったかのように、客の顔すら、記憶からは抜けていた。

金貨十五万枚。まったく大した負債だ。ラジャはどんよりした。

幸いにして――《スケイル》の冒険者なら、返せなくもない額面では、ある。

だがこんな失態、オルレアに知られた日にはだ。

イアルマスやベルカナンはもとより、ガーベイジにだってこんな話はできない。

――ガーベイジといえば……。

「……あの剣、やっぱすげえもんなのな」

先だって彼女が何処かから引っ張り出してきた、あの古ぶるしき剣である。

あの野良犬めいた赤毛の娘がだんびらか何かのように振り回しているが、魔法の剣なのは確かだ。

オルレアは目を見開いていたし、イアルマスさえも驚いていた。あのイアルマスが、だ。

迷宮に眠る武具は、その多くが神話伝承に語られるような、正しく伝説の物の具ばかりだ。

だがその中でも、あの剣は飛び抜けているように思えた――……。

――ハースニール、つったっけ。

それを羨《うらや》ましいとは思わないが、憧れないといえば嘘になる。

伝説の剣を抜いて英雄になりたいなどと、一度たりとて思わぬ男子はこの世におるまい。

思えば、あの冒険以来か。

イアルマスが、あまり頻々《ひんぴん》に死体を探しに迷宮へ赴かなくなったのは。

様子が変わったわけでもなく、何か問題があったわけでもなく、彼は酒場で黙して座っている。

もっとも、その御蔭《おかげ》でこうして鍛錬の時間が取れるのだ。ララジャには文句もない。

――あいつも人間だったたって事だろうな。

細心の注意を払って錠前を調べながらも、意識がふわりと余所《よそ》事に向かうこともある。

緊張感が無いわけではない。集中はしている。意識と手先を切り離すのも、大事だと教わった。

警報《アラーム》が鳴り響いているのに、それに気づかず錠前に没頭するなど、笑い話にもならない。

この後の探索。味方の様子。迷宮の様子。仲間との会話。これもまた訓練の一つ。

と、そうして漂ったララジャの意識が、ふと、ある一点に向けて集中した。

それはキャットロブが、どうやら手入れを請け負っていたらしい、一振りの剛剣であった。

どれほどの怪物を屠《ほふ》ってきたのか、肉厚の刃には曇り一つないのに、それがかえって恐ろしい。

月の光のように冴《さ》え冴《ざ》えとしたその刀身は、さながら人もまた獣に過ぎぬと歌うかのよう。

その恐るべき剣の銘は――……。

「獣殺し《ワースレイヤー》……？」

「知っていたか」

ぽつりとキャットロブが呟いたのに、ララジャは「ああ」とか何とか、曖昧に応じた。

獣殺し、ワースレイヤー。獣といっても獣憑《つ》き、獣人の類に効果てきめんな魔剣の一つ。

《迷宮》に潜る一廉《ひとかど》の冒険者、戦士が頼みにすることの多い魔剣だと聞く。

だがララジャが注目したのは、その剣が見知ったワースレイヤーだったからに他ならない。

「それ、セズマールの剣だろう……？」

「わかるか」

「まあ、何度も見てるから……な」

最前線で迷宮を攻略している六人の冒険者、オールスターズ。

そのリーダーといっても良いのがあの美丈夫、セズマール。その愛剣こそがワースレイヤー。

彼が死んだとか、パーティが壊滅したとかで、蘇生《そせい》代のために剣を売ったという話は聞かない。

もしそんな事が起きれば、ララジャが直接聞くよりも早く、街中の噂《うわさ》になっているはずだ。

とすれば――……。

「あの人、なんか新しい武器でも見つけたのか？」

「いや、そういうわけではない。単なる手入れだ」

キャットロブはワースレイヤーを光に透かすように掲げ、刃の具合を検《あらた》めるべく指を滑らせた。

魔剣にどのような手入れが必要なのか、ララジャは今のところ知る由《よし》もない。

「やつは時々、ただの剣と鎧《よろい》で地下一階に潜るからな。その時に預かっている」

「……はあ？」

むしろ、気になったのはキャットロブの語ったその言葉だった。

なんだそりゃあ、と思った。

イアルマスならまだしも、オールスターズがそんな事をやる意味がわからない。

鍛錬にせよ、財宝集めにせよ、あるいは死体探しにせよだ。

そんな思いをキャットロブが汲《く》み取ったかどうかは、さだかではない。

彼はただ自分の仕事を果たすべく魔剣の方を向いたまま、淡々と語るのみだ。

「お前、初めて迷宮に潜った時の事を覚えているか？」

「俺？　いや――……」

――どうだった、ろう？

ララジャは、思い出せなかった。

この街を訪れるまでの事は、ぼんやりと覚えている。

時系列も詳細もあやふやな、輪郭のぼやけた曖昧な事象が、泡のように浮かんで弾ける。

だが、その先……ゲルツの――その魂は死の都にあれ！――徒党にとっ捕まってからの日々。

それが、彼の記憶をすっかりと塗り潰《つぶ》していた。

何かあったかもしれないが――覚えている余裕は、なくなってしまったに違いなかった。

キャットロブはその答えを聞いて「そうか」と頷き、そして言った。

「やつは、覚えているらしいぞ」

§

世界の滅び。最も深き迷宮。奈落から噴き出す怪物ども。魔女の大鍋。混沌《こんとん》の坩堝《るつぼ》。

――しかしるつぼってのはなんだろうな。

聞きしに勝るその光景に、傷ひとつない鎧兜《よろいかぶと》の若き騎士は、馬上で呑気《のんき》にそんな事を考えていた。

《スケイル》である。

小さな寒村と記録され徴税の帳面にもさして文の残されていない場所は、その面影すら無い。

そびえ立つ城壁。混沌とした街路。雑多な人々が行き交い、日が沈んでも賑《にぎ》わう不夜の城。

セズマールの眼前に広がる光景は、まさしく繁栄の二文字で表現されるべき世界であった。

「いやあ、これはまた……賑やかなところだなぁ」

生まれ育った郷里の街々はもとより、下手な城下町では比べ物になるまい。

迷宮という金脈を前ににわかに活気づいた開拓街《ブームタウン》。《スケイル》。

セズマールは生まれてこの方、一度にこれほど多くの人を見たことは無いやもしれなかった。

馬上槍試合《ばじょうやり》の大会や模擬合戦などでも、こんなに人が集まったことはない——……。

「おいおい、物見遊山《ものみゆさん》の見物気分では困るぞ」

「もっとも、卿《きょう》の出番が来ることはあるまいがな！」

兜の庇《ひさし》をあげて周囲を見回してるセズマールに、先行く馬の鞍上《あんじょう》から、騎士たちの笑い声。

黄金拍車を戴いてから、まださほどの時は経《た》っていない。

従者《スクワイア》でこそないが、だが騎士とは叙勲だけでなれるものでもあるまい。

その事はセズマールとて良くわかってはいたから、不満ではあっても、不服ではなかった。

「では、先達の方々の後顧《こうこ》の憂《うれ》いを断つべく、俺は《スケイル》で呑気にしている事にしよう！」

「こいつめ！」

《スケイル》の鉛色の空の下、底抜けの青空めいた快活な笑いが響いた。

銀狼騎士団、剣霜騎士団、虎子騎士団、伽藍鳥《ペリカン》騎士団。

男ばかりではない。女性騎士修道会である月桂樹《げっけいじゅ》騎士団に薔薇《ばら》貴婦人騎士団……。

リルガミン王国にそれと知れた騎士たちを集めた百人の精鋭に、一切の不安の色は無かった。

無論、慢心していたわけではない。

彼らは噂に聞く怪物に挑む危険性は理解していた。命を落とす事もわかっていた。

その上で騎士たる者として、冒険に心を躍らせていたのだ。

世にどれほど騎士が多くいたとしても、竜と戦ったことのある者は一握りとて存在しない。

悪しき魔術師との戦いも、魔神討伐も、聖剣の探索も、全ては伝説となって久しい。

だが、その伝説の中に身を投じる機会を、彼らは摑《つか》んだのだ。

士気は高い。準備も整えた。日頃積み重ねた訓練の成果を発揮すべき時。己を試す試練である。

「《牙の教会》の連中からもう少しばかり協力が欲しかったが、連中は何を企んでいるやら」

「なあに、ここで戦働きを見せれば、呪い師どもとの評価も変わろうものさ」

「奴らを軽んじるなよ。浅い階層についての情報と地図を得たのは、連中の功績ぞ」

「うむ、まずは地下一階の怪物どもを掃討して、拠点を構築すべきだ」

「内部はいくつも玄室があるようだからな。いわば攻城戦だぞ、これは」

「閉所であれば、例の燃える水などを流し込んでやれば……」

「逆に壁を打ち砕いてしまっても良いかもしれんぞ？」

「それよりも兵糧だ。補給を軽んじてはならん」

百を超す騎士たちは、街外れの迷宮の入り口傍《そば》に陣屋を立て、出陣の準備を整えた。

そして曇天の日差しに物の具を輝かせ、意気揚々と迷宮の中へと隊伍《たいご》を組んで乗り込んでいった。

彼らは優秀だった。間違いなく、地上では上から数えた方が早い屈指の強者揃《きょうじゃぞろ》いだった。

装備もあり、覚悟もあり、備えもあり、仲間もあり、信頼があり、希望があり、勇気があった。

ただ、迷宮の知識が無かった。

まだ六人より大勢で入ると死ぬという話が広がる――――その前の事だ。

§

「だ、誰か、た、たのむ、痛い……手当を……！」

「わぁあ……うわぁああ……」

高潔なる騎士団が、負け戦の敗残兵と成り果てるまで、然程《さほど》の時はかからなかった。

陣屋には傷ついた騎士が呻《うめ》きながら運び込まれてくる。

その体は鎧の上から切り裂かれ、ひしゃげた金属板が肉体に食い込んで傷口を抉《えぐ》っていた。

他にも粘液で半ば溶けた体を引きずっているもの、毒を浴びて全身を赤黒く腫れさせたもの……。

屈強な男が、しかしもはや子供のように情けない声をあげて泣きわめくしかない。そんな有様。

筵《むしろ》の上にはすでに死屍累々《ししるいるい》と負傷者が横たわっており、その隙間に無理やり横たえる他無かった。

セズマールは床几《しょうぎ》に腰を沈めながら、深々と息を吐いた。

「今日はまだ運が良いな……」

なぜなら、誰も死んでいないからだ。

死体を埋めるために荒涼とした大地へ穴を掘る作業は、セズマールといえど憂鬱になるものだ。

従軍司祭たちの仕事も、日々の礼拝より、葬式を執り行うことの方が多くなっている。

もう誰も一人ずつ埋葬される事は無く、複数人ひとまとめだ。

――安らかに眠るには、生きてようが死んでようが寝床が狭い。

カント寺院――カドルト神の神官たちの姿は、此処《ここ》には無い。

王家に仕える騎士たちの多くは、国を守る大地の女神を奉ずる者が大半を占めていた。

生死の流転、そして死者の蘇生などという事を宣《のたま》う手合いの力を借りるのは恥ずべき事だ――……。

――ってえのは、良くわからんが。

助けなんてのはいくらあったって足りないだろうに。

とはいえ、セズマールとて気持ちがわからないわけではない。

「なにせ、金がかかるからなあ」

セズマールは呑気な口調そのままにぼやいて、ははは と笑った。

騎士一人を蘇《よみがえ》らせるのにだって、どれだけ金貨を積まねばならないやら。

騎士団の軍資金などというのは、基本的に領地からの持ち出しだ。

平民が夢想するほど潤沢にあるわけではないし、湯水の如《ごと》く使えるわけもない。

ありとあらゆる意味で、合戦というのは現実的に物を見ねば成り立たぬものだ。

故に迷宮なぞ己の知略を駆使すれば攻略は容易などと考える、賢《さか》しらな愚者は騎士団にはいない。

彼らは経験を踏まえ、徐々に徐々に、迷宮攻略のための方策を整えつつあった。

大人数ではダメだ。少数で行くしかない。

玄室の中に油を流し込んで火を放ったところで、神話伝承の怪物どもには然程の痛痒《ダメージ》に至らない。

オークでさえ、尋常な炎は物ともしない。むしろ炎に巻かれて、騎士の方が痛手を被《こうむ》った。

当然、人と戦う術などは、怪物どもには通じない。

せめて迷宮から財宝の略奪ができれば良いが、宝箱を開けるには罠が妨げとなる。

そうして突入と壊走を繰り返せば、騎士たちを見る目も変わり、助けようという者もいない。

怪物との戦いで騎士は減り、軍資金は尽き、武名は損なわれ、後に残るは敗残兵のみ。

やはり――初戦で壊滅的な損害を被ったのが大きかった。

――何があったのやら……。

彼は先鋒《せんぽう》部隊に何が起きたのかを知らない。他の騎士たちも、一人として知る者はいない。

誰も、帰ってこなかったからだ。

そして試行錯誤を繰り返すうちに損耗が積み重なり、それは成果を常に上回る。

単純に迷宮の中で斃《たお》れる者ばかりではない。引き上げる騎士たちも、目立ち始めていた。

セズマールはそれを臆病だと誇《そし》る気はなかった。

各々《おのおの》、待っている家族も、領地もある。抱えている命や事情が大事な者もいよう。

それに何よりセズマールだとて、まだ一歩も迷宮に踏み入った事はないのだから。

だが――……。

「……」

――うん、これは無理だな。

セズマールは立ち上がった。横たわる負傷者を「おおっとごめんよ」と言って、跨《また》いで行く。

目指すのはそうした患者たちの隙間を縫うように歩き回る、小柄――というには横幅のある影。

「タック和尚《おしょう》」

「どうしたね、セズマール」

ごろりとした巌《いわお》のような顔に柔らかな髭《ひげ》を生やした老人が、ひょこりと顔をあげた。

未《いま》だ騎士団に付き合ってくれるドワーフの老司祭の事が、セズマールは好きだった。

彼の軍歴を思えば、とてもこんな親しげに声をかけられるわけもないのだが――……。

『いくさ場では相身互《あいみたが》いで、軍歴と指揮権は別だからの。あんたが主計担当なら敬語も使うが』

なんて笑ったこの司祭は、その力強い掌《てのひら》で、肩でも叩《たた》くようにセズマールの腰を叩いたものだ。

今もこうして此方《こちら》を見る彼の目は、髭の奥で柔らかく細められていた。

この新米騎士がついに逃げ出す気になったなどとは、欠片ほども思っていない瞳だった。

己は自他ともに認むる勇敢な男だと自負するセズマールは、陣屋の外を顎でしゃくって示した。

「ちょいと話があるんだ。付き合ってくれないか?」

「良いとも」とタック和尚は頷いた。「いい店を見つけたのでな。そこで構わんか?」

「和尚の見つけた店なら文句はないよ」

セズマールは頷いて、それから一言付け加える事を忘れなかった。

「酒手《さかて》は折半で頼むぜ」

§

「必要なのは、だ」

タック和尚に導かれた《闘神の酒場《ドゥルガー》》で、セズマールは酒と料理を堪能してから切り出した。

冷えた麦酒《エール》と湯気を立てる炙《あぶ》り肉。どちらもセズマールにとっては満足いくものだった。

この店が大いに繁盛しているのは、単に冒険者が集っているからだけでは無さそうだ。

「結局のところ手妻《てづま》使いだよ」

「魔術師と盗賊か」タック和尚が髭に酒の泡を付けて言った。「神官はすでにいる顔つきだの」

「そりゃあもう」

頷いてセズマールはジョッキを口元に運んだ。気持ち良く冷えた酒が、喉を通る。

騎士団の陣屋ではとても飲めない味だ。セズマールは息を吐《つ》き、マジマジとジョッキを見た。

「それにしても冷えてるな、この酒」

「魔術師を雇っているんだろうよ」

「羨ましいね……」

セズマールはしみじみと零《こぼ》した。

「騎士団じゃそうはいかん」

「そうとも、騎士団では上手くいかん」

タック和尚は実に美味そうに肉に手を伸ばし、齧《かじ》り、骨を舐《な》めてから言った。

「誰もお主の話なぞ聞きはすまい」

「俺が新米騎士だからか？」

「いいや」

床の上に骨を捨て、タック和尚は長い歳月を経た岩のように、ごろりと首を左右に振った。

「もはや迷宮に潜りたいとは、誰も思っていないのだ」

迷宮に挑もうという気概のあるものは、初戦で死んだ——討ち死にした、という意味ではない。

後続で控えていた者の中にだって、我こそがという決意を秘めた者は数多かったのだ。

だが、目の前でそれが潰《つい》えた。

誰一人戻ってこない迷宮の深淵《しんえん》、その闇を目の当たりにして、意志を貫ける者は少ない。

それでもまだ持ちこたえた者も第二陣、第三陣と挑むうちに、みな死んだ。

あとに残っているのは、逃げ出す勇気がないか、逃げ出す事が許されない立場にあるか。

誰も彼もが、誰かが『撤退する』と言い出すまで自分の番が来ないよう祈っている——……。

「……ま、それならそれで良いさ」

一瞬押し黙ったセズマールだが、彼の口から出た言葉は実に明るく、陽気なものだった。

「俺は騎士団としてどうこうしたいわけじゃあないんだ。俺自身として上手いこと迷宮に挑みたい」

「ほう」

「だから、そうだな」

セズマールが腕を組み、天井に言葉を探した。椅子が彼の体躯《たいく》の重みに、ぎしりと軋《きし》む。

タック和尚は種族由来の忍耐強さでもって、セズマールの好きにさせた。

「自由騎士だな」

ややあって、セズマールは実にあっけらかんと、そう口にした。

騎士団を出奔《しゅっぽん》して主君と領地を持たぬ浪々の身、遍歴《へんれき》の騎士となる。

その決意に反して実に軽い言葉に、タック和尚は愉快そうに喉奥をごろりと鳴らして笑った。

「それでも騎士を名乗るか」

「そりゃあそうさ」

セズマールは笑った。

「迷宮を踏破した戦士と、迷宮を踏破した騎士なら、騎士の方が格好がつく」

「となれば、仲間を探さんといかんな」

「魔術師と、盗賊だ。それに前衛……」

指折り数えて、セズマールは頷く。実に楽しかった。考えを巡らせるだけで、頬が緩む。

不思議と、あれだけの死者負傷者を目の当たりにして尚、セズマールの心に恐怖は無かった。

できれば死ぬ寸前まで、そういう事は考えたくもないものだった。

「前と後ろで三、三だろう？」

「なあに、そう焦ることはない」

年老いたドワーフは、その深い皺《しわ》の刻まれた顔をさらにしわくちゃにして言った。

「四人くらい、この街でならどうとでも見つかるだろうよ」

セズマールは頷いた。足元に投げ捨てられた残飯を、野良犬が齧っていた。

§

見つかったのは三人だった。

街外れの迷宮――その入り口。

荒れ果てた大地に穿《うが》たれた大穴を前に、ぼんやりと並んだのは五人の冒険者。

「じゃあ俺と和尚と……」

「おいらが前衛か。うひぇー……こりゃ貧乏くじ引いたかな」

レーアの盗賊がこれ見よがしに顔をしかめるのを見て、エルフの娘が舌打ちをした。

「何よ、じゃああたしに前衛を張れってわけ？」

サラと名乗ったその娘は、僧服に身を包んでいた。

笹《ささ》穂のような長耳を機嫌悪く振りながらも、その身のこなしは実際機敏である。

セズマールの見立てでは、恐らく多少の護身術程度は修めている。

だが――……。

「この格好で怪物と殴り合えなんて言うなら、他所《よそ》へ行かせてもらいますからね！」

これ見よがしに両手を広げる彼女は、寸鉄一つ帯びていなかった。

格好だけ見れば魔術師の類か、悪くすればそこらの村娘にしか見えぬだろう。

きっと睨《にら》みつけるような目線を向けられて、セズマールとて苦笑せざる得ない。

「よっぽどの事が無い限りは、そうはならんと思うよ」

「そう願いたいものだね」

皮肉っぽい呟きは、そのサラの隣。

全身を外套《がいとう》で覆った優男《やさおとこ》——見間違えようもなく魔術師。

「私はそうした野蛮な事は不得手なのだ。手を汚すつもりはない」

自らを短くプロスペローだと名乗ったその男は、やれやれと肩を竦《すく》めた。

その芝居がかった仕草が妙に鼻についたらしいサラが、噛《か》み付くように言った。

「だったらなんであんたは迷宮なんかに来たわけ？」

「説明してもわかるまいよ」

なんですってと、寿命が損なわれて尚も失われないエルフの美貌が、怒りに鋭く尖《とが》った。

どう見たって相性が良いとは思えぬ二人を前に、セズマールは天を仰いだ。

「……一応、善の戒律の奴を集めたんだよな？」

「おいらは中立ってとこだけどね」

忍び笑うレーア、モラディンという小男は、にやついた表情を隠しもしない。

元来彼らの種族は総じて穏やかで、呑気で、臆病なものだ、と聞く。

己の故郷の巣穴で穏やかに日々を過ごすことを美徳とするのだという。

つまるところ庄《しょう》の外で出会うレーアなんてのは、十中八九が変わり者なのだ。

いわんや迷宮に挑もうというのだから——……セズマールは、タック和尚を見やった。

年老いたドワーフの司祭は、四人のやり取りに、眩《まぶ》しそうに目を細めていた。

「なに、若さ故というものじゃて、セズマール」

もちろん——善だ、悪だなどというのは、俗称《スラング》に過ぎない。

しいていえば大地母神を信じる者と、そうでない者、といったくらいの区分だろう。

だが、それとて絶対ではない。

——気の合いそうな奴ら。

結局のところタック和尚の見立てが全てであり、それに従って酒場で声をかけた。

まず裏手で料理を温めたり冷やしたりしてるのにぶつくさ言っていた魔術師。

酔っ払いに絡まれて、酒場で呪文を使おうとしていた駆け出しの神官。

そうした騒動を聞きつけて声をかけてきた盗賊。

セズマールは若干それを後悔していた。あの時は気が合いそうだと思ったのだ。

「おぬしとて例外ではないぞ？」

「そりゃ、まあ……」

だが、そう言われてしまえば反論の余地は無かった。

タック和尚のお眼鏡にかなったという意味では、自分だってその一人なのだから。

——まあ……良いか！

気持ちの切り替えが早いところが自分の良いところだと、彼は自称している。

これから命を預ける連中に文句を言ったところで、生存率が上がるわけもない。

セズマールは「よし」と声に出して言って、改めて皆を見回した。

「俺と和尚と、えーと、モラディンが前衛だ。頼むぞ」

「承った」

「あいあい。ま、死なない程度に頑張りまさぁ」

「サラとプロスペローは、呪文に専念してくれ。敵は通さない」

なるべくという言葉をセズマールは飲み込んだ。エルフの娘が、不精不精頷く。

「そりゃ、しますけども」

「おい、後ろから敵が来たらどうするんだ」

続けてプロスペロー。軍隊のやかまし屋がそうするように、尖った鋭い声。

「上手いことすれ違って隊列交代するしかないなあ」

「――早いところ、もう一人ばかり戦える奴を捕まえてくれ」

セズマールは笑った。魔術師の言葉は真実になるという。縁起の良いことだ。

次があり、生き残っているのが大前提の文句とは！

「で、確か迷宮探索にはセオリーがあるんだったっけか」

「ま、そいつを守ってりゃ絶対に大丈夫ってもんじゃあないけどね」

モラディンが頷いた。

世故《せこ》に長《た》けた盗賊は経験者の間をはしっこく駆け回り、情報を集めてくれていた。

「階段を降りる。まっすぐ行く。最初の玄室に入る。戦う。帰る。それだけ」

「それだけ？」サラが目を剝《む》いた。「……それだけ？」

「なんだよ、マジだぜ」

自分の仕事ぶりにケチをつけられたと、モラディンが噛み付くように言い返した。

「疑うってんなら酒場で他の冒険者どもに聞いてみろってんだ」

「疑ってはいないけど……」サラがバツが悪い顔をして言った。「拍子抜けして……」

だが、セズマールは違った。彼はドワーフの和尚と、顔を見合わせていた。

「……いやあ、和尚」

「わしらは聞いたことがなかったな……」

敵の拠点に攻め入って、ただ一度の戦いだけで引き上げる。

それは騎士団の――軍事作戦の常識としては、考えられない事だった。

そして――……。

――……だから皆、死んだ。

ここは迷宮だ。戦場気分ではいられない。

――だいいち、今までとやり方を変えなきゃしょうがねえもんな。

セズマールは頷き、抱えていた白兜に頭を押し込んだ。

竜頭の飾りのついた、先祖伝来の由緒正しい鉄兜だ。

腰に帯びた剣も、盾も、名のある鍛冶師《かじし》が鍛えた業物《わざもの》である。

もちろん、先に挑んだ騎士たちの誰もが、そうした鎧兜に身を包んでいたのだけれど。

「行こうぜ」

そうした事実を努めて意識の外に追いやって、セズマールは声を張り上げた。

面頬《めんぽお》を降ろし、がしゃりと音を立てて掛け金をかける。

「まずは、その通りにやってみよう」

§

「う、お……」

第一歩を踏み出して、思わずセズマールは唸《うな》った。

視界に広がっているのは、石造りの通路。壁と床。ただそれだけ。

光源があるとも思えぬのに、薄ぼんやりと、何歩か先までが曖昧に見通せる。

だが、違う。自分がその中に飲み込まれたかのように、次元が——世界が違う。

空気の圧。臭い。地を踏みしめて立つ感覚。耳に入る音まで、何かが違う。

自然と呼吸が浅くなり、立ち尽くしたセズマールの腰を、力強い掌が叩いた。

「どうした、若いの」タック和尚の、低く深い声。「武者震いかの」

「たぶんな」

セズマールは無理くり、鉄兜の下でにやりと笑ってみせた。

鉄靴をがちゃがちゃと鳴らして床を踏みしめ、それから壁に手を這《は》わせる。

確かにそこにそれはある。床と、石の壁。

いつ築かれたのかさだかでない——……古くもあり、真新しくもあった。

「……壁をぶち抜いて進軍しようって計画は、上手くいかなかったんだな、やっぱ」

「ここが並の建物、遺跡ならば」プロスペローが言った。「怪物などいようはずもない」

「……あんたは、もうちょっと人を安心させるような物言いってできないわけ？」

「真理を述べるのが魔術の輩《やから》だ。美辞麗句《びじれいく》で人心を惑わす僧侶とはわけが違う」

エルフの言葉に対しても、返ってくるのはそんな皮肉めいたもの。

まあ！　なんてサラが耳を尖らせるのを横目に、セズマールは魔術師の肩に手を置いた。

「ま、今は正確な情報のが助かるよ。頼むぜ、プロスペロー」

プロスペローは押し黙った。

皮肉に対して真っ正面から賛同されるとは、思っていなかったのかもしれない。

「通路を徘徊《はいかい》してる怪物はそう多くねえって聞くぜ……」

そして油断なく石壁と床を調べていたのは、セズマールだけではなかった。

小柄な体をさらに縮こめて周囲を探っていたモラディンが立ち上がっていった。

「……けどいないわけじゃあない。早いとこ、玄室に行った方がよかないか？」

「そこには確実に怪物がいるってわけ……」

ぶるりと身を震わせたサラが、ぎゅっと拳を握りしめる。

杖《つえ》の一本でもあれば良いのにという怯《おび》えを、唇を噛んで飲み下したようだった。

「……良いわよ、上等じゃない」

「怪我《けが》した時は任せたぞ」

セズマールは意識してサラにも声をかけた。

緊張した顔のエルフが、しきりに頭を上下させる。

――……よし。

何度目になるかもわからぬ決意の呟き。セズマールは決断的に、足を踏み出した。

がちゃり、と足音が鳴る。

まずは一歩。続けて二歩。慎重に、三歩、四歩と前に進める。

ふと振り返ると、もう地上へと通じる竪穴《たてあな》は見えなくなっていた。

――もう迷いそうだ。

ただまっすぐ進んでいるだけ――最初の玄室までの道は、そうだと聞く。

だというのにこれでは、なるほど、迷宮と呼ばれるわけだ……。

「地図を描く担当が必要になりそうだな……」

「そういう正確無比な仕事こそ、魔術師様にお願いしてくださる？」

サラがつんけんと呟いて、プロスペローが「ぬっ」と呻くのが聞こえた。

忍び笑うモラディンの横で、タック和尚が「先の事だの」と前進を促した。

――どうなる事やら。

セズマールは、前進を再開した。立ち止まっていたって、闇の中なのだ。

§

「ふー……。……良いか？」

目前にそびえ立つ木の扉、玄室の入り口を前に、セズマールは仲間を振り返っていた。

「中にいる化け物は」ひそひそ声でモラディンが呟いた。「オークとかコボルドだって話だぜ」

「どっちにしたって神話の怪物じゃないの……」

サラが呆《あき》れとも怯えともつかぬ、か細く震えた嘆息と共に応じた。

此処《ここ》まで、まっすぐの一本道だった。だが、どれほどの距離を歩いたのか、わからない。

いや――……。

――どれだけ、経ったんだ？

ほんの数分だったようにも、数時間だったようにも思う。

薄闇の中に続く通路を延々と歩いた。認識できるのはそれだけで、他は何もかもが曖昧だ。

迷宮では自分の感覚など何一つ当てにならないとは、聞いていたが……。

――これほどとはなぁ……。

そりゃあ上手くいかないわけだ。セズマールは低く笑った。サラがぎょっとした顔をした。

おかしくなったかと思われたに違いない。セズマールの笑い声が、さらに重なった。

「じゃ、行くぜ！」

そのせいか扉を蹴破るのに、緊張はしなかった。

バンと勢いを付けて木の扉を蹴倒して、玄室へ雪崩《なだれ》を打って飛び込む。

プロスペローとサラは少しもたついたが、幸い致命的な遅れではない。

「敵は……⁉」

サラが僅かに声を上擦《うわず》らせる中、セズマールは素早く右、左と視線を送った。

玄室を満たす暗闇の中、むくむくと起き上がってくる、何かの気配――……。

「いたぞ、奥の方！」モラディンが叫び、短剣を逆手に抜いた。「おっかねえ……！」

「おぬしは受け《パリィ》に回れ、わしとセズマールが――……」

「押さえて叩く！」セズマールは笑った。「行こうぜ！」

微《かす》かに輪郭線だけを浮かび上がらせる不気味な生き物は、のろのろと鈍重な動きをする。

だから勢い込んで飛び掛かって叩き付けたセズマールの剣は、大きく逸れて床を叩いた。

「う、お……⁉」

「ちょっと、何やってんの⁉」

目測を誤った。思わずおめいてたたらを踏むセズマールに、サラの金切り声が飛ぶ。

どうにか体勢を立て直そうとするところに、怪物の両腕が迫った。

奥歯をぐっと嚙みしめて、辛《かろ》うじて身を反らす。爪が火花を立てて、鎧に傷をつけた。

――大丈夫、生きてる！

息を整える。集中力《ヒットポイント》が音を立てて削れていくのがわかる。

「落ち着いて狙っていけ……！」

あひぃと情けない悲鳴を上げて攻撃を弾くモラディンの横で、和尚が叫ぶ。

ドワーフの司祭はよろめくセズマールの前に割って入って、怪物の攻撃を妨げていた。

強引に揮《ふる》われた手斧《ておの》が叩き付けられ、怪物から胸を悪くする暗緑色の血が飛沫《しぶ》く。

びちゃびちゃと汚らしい音を立ててセズマールの前に崩れ落ちるそれは、人の形をしていた。

普通なら、死んでいる。薪《まき》でも割るように胴を打たれれば、ほどなく死ぬ。

だが、それはぎくしゃくとぎこちなく関節を動かし、立ち上がったではないか！

一瞬のためらいの後、セズマールは声を上げて、前に突き進んだ。

「お、お……ッ！」

遮二無二《しゃにむに》、剣を振り回して切りつける。

もはや人を斬《き》るための剣術の型など、頭の中から半ば吹き飛んでいた。

大きく踏み込んで、肩口から袈裟懸《けさが》けに剣を振るう。

腐りかけた皮、朽ちかけた骨を断ち、刃が臓物に食い込むおぞましい感触。

巻藁《まきわら》などとはわけが違う。傷口から暗緑色の体液が音を立てて噴き出した。

「わ、ああ……っ！　わああああっ！」

我ながら情けない声だ——……セズマールは思う。

担ぎ込まれた騎士たちが上げていたのと同じような、勇ましさの欠片も無い声。

だが、それでも叫ばずにはいられない。

恐怖なのか興奮なのか、それさえも良くはわからない。

剣術の型などはもう抜け落ちていて、ただ遮二無二、目前の相手が動かなくなるまで剣を振るう。

ドッと音を立てて腐った肉の塊が崩れ落ちて、しかし息を吐く間もなく——……。

「セズマール、奥からまだ来るぞ！」

声を上げたのは、タック和尚だったようにも、あるいは後方のプロスペローだったようにも思う。

闇の奥から、それは無限に湧き出てくるかのようだった。

ふらふら体を左右に揺らし、両腕を突き出し、濁った呻き声をあげ、迫る不気味な生き物の群れ。

――こんなところに来るべきじゃあなかった。

セズマールは自分の握る剣と盾が、途端にこの世で最も頼りない武具に思えてきて、後ずさった。

そこでそれ以上後退する事無く踏みとどまったのは、むしろ彼の胆力を褒め称えるべきであろう。

「どうすんだよ、セズマール！」

「どうするったってな……！」

モラディンの喚く声。セズマールは兜の下で顔をひきつらせながら、無理くり笑みを作った。

「少なくとも、こいつはオークとかコボルドには見えんぞ……！」

「……そうか、これはゾンビか！」

ぱちりと、指を鳴らすような勢いでプロスペローが声を上げた。

ゾンビ。呪われて起き上がった死体。伝説か、子供を脅かすための父母が語る教訓話の住人。

この迷宮は墳墓《ふんぼ》かなんかだったのか？　いや、志半ばで倒れた冒険者の死体、あるいは――……。

――騎士か。

プロスペローの声と共に、急速に怪物の朧《おぼろ》な絵が、焦点を結んだように明らかになった気がした。

もはや腐敗した肉体に皮も髪も残っておらず、身に纏《まと》っているのも襤褸《ぼろ》同然。

暗い水色とも緑色ともつかぬ有様に変色した肉体から、生前の姿を察するのは不可能だった。

――俺もこうなるのか。

ふと、そんな想像が脳裏に過《よぎ》った。とっさの行動が、遅れた。かわりにプロスペローが叫ぶ。

「解呪《ディスペル》だ！　呪いを解け！」

「え、ええっ⁉　えっと、えと……ど、どうするんだっけ……⁉」

サラがもたもたと、覚束《おぼつか》ない手付きで呪印を結ぼうと指を絡ませた。

当然、そんなのろまな動きよりも――ゾンビどもの本能の方が速い。

地の底から生者の脳を求める飢餓の声をあげ、摑みかかってくる亡者の軍勢《バタリオン》。

サラが喉奥から「ひぃっ」と、心底から怯えきった声を漏らし、身を震わせた。

セズマールは手が届かない。モラディンは自分のことでいっぱいいっぱい。

「何をやっとる……！」

だから、そこで飛び出したのはタック和尚だった。

和尚はそのドワーフとしての小さくも屈強な体でゾンビにぶつかり、組み伏せたのだ。

玄室の床の上、既に死体や血反吐《ちへど》、汚物の広がったその上でもみ合い、転げ合う。

セズマールは、はっと目を見開いた。

「そのまま押さえこんでくれよ……！」

なにせ体格でいったらタック和尚の方が小さいのだ。

飛び出した頭を叩き切る分には、同士討ちの心配はなかった。

「よし、次……ッ!!」

ぼんぼんと鞠《まり》のように弾んで転がっていく頭に一瞥《いちべつ》をくれ、セズマールは叫んだ。

§

「おい、あったぜ」

モラディンの声に鉄兜を持ち上げると、セズマールは思わず目を瞬かせた。

そこには宝箱が、今し方ごとんと音を立てて現れたように、鎮座していたからだ。

終わってみれば、戦闘はあっという間――少なくとも、恐らくは、たぶん。

セズマールには五時間か六時間は過ぎたように思えたが、だが、体力は消耗していない。

数度棒振りをしたような程度で、体はまだまだ動くように思えた。

だが、同時に――酷《ひど》く、疲れてもいた。

傷一つ負っていない。なのに全身が鉛のように重く、思わず壁にもたれたほどだった。

――これが集中力《ヒットポイント》の消耗、ってやつか。

迷宮で物を言うのは、もちろん純粋な体力もそうだが、致命傷を避ける集中力。

攻撃をしのいでも、あるいは多少の手傷を負っても、集中力は削《そ》がれていく。

そしてそれが尽きれば死ぬ――セズマールは、骨身に染みて実感したところだった。

だが、だからといって此処でへたばっているわけにもいかない。

何しろ——これからの帰路があるのだ。

一直線に、何区画か通路を歩いて、地上へ戻る。

今のセズマールには、それが途方も無い大事業に思えてならなかったが……。

「おい、大丈夫か？」

そのための第一歩として、まず彼は宝箱をモラディンに任せ、サラに歩み寄った。

エルフの僧侶は、壁際に蹲《うずくま》り、膝を抱えて座り込んでしまっていた。

その種族由来のみならぬ魅力を持った顔が、近づくセズマールに向けて上がった。

「……ごめんなさい」

か細い声。自信満々に迷宮に乗り込み、味方に口やかましく言い、解呪《ディスペル》にしくじった。

それが自尊心をいたく傷つけたか、あるいは仲間に迷惑をかけた事がショックだったたか。

セズマールには判別がつかなかった。何せ、自分も似たようなものではあったから。

「まあ、そういう時もあるさ」

だから、彼は別に咎めるでもなく、慰めるでもなく、朗らかにそういう事にした。

いつでもどこでも他人に完璧な成功を求めたところで、その通りに行くわけがない。

そういう時、こういう時もある。ただそれだけの話だ。

付け加えて、セズマールは鉄兜の下でにやっと笑って言った。

「それに呪文を使えなかったのは、プロスペローも一緒だしな」

「使わなかった、だ」

痩身の魔術師は、外套のフードで隠したその奥から、とんがった声で訂正した。

「なにしろ一回、二回だ。見事に節約した決断だと賞賛してもらいたいね」

サラは何も言わなかった。ちらと上目遣いに見るだけで、反論する余裕もないらしい。

――こりゃやばいな。

気落ちしている事がじゃあない。そのまま思い詰めて、無理をしかねない事がだ。

セズマールは新米騎士で、盗賊狩りの経験こそあったが、合戦の経験は無い。

が、それでも狩りで従者郎党を率いて、山の中を歩き回った事くらいはある。

――無理に参加させた父上の配慮に感謝だな。

その時の僅かな経験を、彼は総動員して、相応に振る舞おうと声を上げた。

「なら、帰り道は頼むぜ。何も出ないかもしれないけどな」

サラの肩を叩くと、想像以上に華奢《きゃしゃ》で細い肩がぴくりと震え、耳が跳ねた。

「……ん」

小さな声と共に、こくんと頭が上下して頷く。

エルフの僧侶はゆっくりと立ち上がって、ぱんぱんとその僧衣についた埃《ほこり》をはたいた。

「タック……和尚だっけ。あのドワーフの様子、見てくるわ。怪我してるかもだし」

「ああ、任せた」

――まずは成功、と。

ぱたぱたと玄室をかけていくサラの後ろ姿を見送って、セズマールは息を吐く。

「温存した呪文の使いどころは任せたぞ」

気をよくしてプロスペローの肩にも手を伸ばすと「骨が折れそうだ」と遠慮された。

「が、引き受けた。温存した甲斐《かい》があるというものだからな」

「おう」

――こいつ、頼られると喜ぶ性質だな。

悪い奴じゃあないのだ。何となくその人となりがわかって、セズマールは愉快だった。

とすれば、後の問題は――……。

「おっしゃあ、開いたぜ!」

モラディンの快哉《かいさい》。思わずセズマールも考えを中断させ、そちらを覗《のぞ》き込んだ。

蓋が外れて開いた宝箱の中身は、目も眩《くら》むような金銀財宝。

外地だったらどれだけ遊んで暮らせるか――……。

「山分けだろ?」

「もちろん!」セズマールはレーアの盗賊に頷いた。「とはいえ……」

彼が手を伸ばし、むんずと掴んで抜き取ったのは、一振りの剣だ。

それは歳月の重みを感じさせないほどに白々とした刃を持ち、鍔《つば》には宝玉がはまっている。

宝剣の類と言われても疑う者はいなかろう。自分の剣に愛着がないわけではないが……。

セズマールは、ほれぼれとそれに見入った。

「こいつは俺が使わせてもらえるとありがたいね」

「お好きに。俺たちン中じゃ扱えるのは旦那だけだからね」
モラディンはきしししと喉奥で忍び笑いながら、財宝の類を袋にしまいにかかる。
後で分配するとしても、今このときばかりは彼の持ち物で、彼の成果だ。
うきうきとした調子なのも無理は無く、咎めることもあるまい。
それに、上機嫌なのはセズマールも一緒だった。
どうにか最初の戦いを切り抜け、生き延びたという実感が今になって襲ってくる。
――存外、俺もやれるじゃあないか？
それは慢心などではなく自信、より正確に言えば経験と呼ぶべきものなのだろう。
身になるのは地上に戻って寝床でまんじりとせず過ごしてから、だとはいえ……。
加えて何よりも、その手に握られた新たな剣が、彼の心を沸き立たせた。
なんといったって迷宮で見つかるのは、神話伝説の聖剣魔剣の類ばかりだと聞く。
これもさぞや名のある剣に違いない――といっても、自分ではわからないのだが。
こういう時は、タック和尚に聞くに限る。
彼は経験豊富で、ドワーフで、何と言っても司祭なのだ。
武具の真贋《しんがん》を見極めるのに、これ以上適した者はいない。
「おい、和尚。この剣なんだが、ちょっと見てもらえるか――……」
だがセズマールの声は、最後の疑問符を発するよりも前に尻すぼみになって消えた。
彼の視界の先では、青い顔をしたサラが、セズマールを見て首を左右に振っている。

「もみ合った時、噛まれたみたいで……手当したんだけど……」

エルフの細い膝の上には、支えられるようにして身を横たえる、老ドワーフの姿。

タック和尚は、息も絶え絶えといった様子で、絞り出すように言った。

「どうにも、いかぬようだ……」

恐るべき麻痺《まひ》毒が、彼の身を侵しているのは明らかであった。

§

「えーっ　あたしが前衛なの⁉」

「すまんが、頼むよ」

責任を感じていたとて、怖い物は怖いし、悲鳴を上げる時は上げるものだ。

サラはセズマールからの提案に恐怖を隠そうともせず、ひきつった顔をしていた。

「タック和尚が麻痺しちまったんじゃ、どうにもならんだろう」

「そりゃ……。でも、セズマールとモラディンじゃダメなの？」

「二人だけだと、さっきみたく抜かれかねない」

そうなれば後衛にいたって同じ――むしろ被害は拡大するだろう。

しばらく俯《うつむ》いて唸った後、サラは情けなく耳を垂らして、「わかった」と漏らした。

「けど、さすがに何か装備はちょうだいよ。肉の盾なんかにされるのは、嫌……」

「わかってる。タック和尚の装備がある。鎧はともかく、武器と盾は使えるだろ」

「うん……鎧も、試してみる」

さすがに僧衣一枚で戦えなどと、セズマールは言う気はなかった。

サラはタック和尚から外された鎧兜、戦斧《せんぷ》と小さな盾を手に取って、検《あらた》めている。

どうやら鎧の部分部分なら自分にも合うと見て、彼女は慣れない手で鎧を着け始めた。

見かねたモラディンが手伝いに回り、そんな二人の様子を見て、セズマールは息を吐く。

「まあ、だから……そんなに心配はいらんよ、和尚」

「……すまんの」

「なあに、カント寺院に行けば治る。死体担いでいくよりマシさ」

麻痺を治す奇跡は、余人が思うよりも遙《はる》かに高度で、希少なものだ。

恐らくただ傷を塞ぐ、封じるものより、体の内側、命そのものに関わるからだろう。

というかそもそも、癒やしの奇跡それ自体、外地では修めているものが希少なのだ。

ただそれだけで聖人聖者と称えられるのだから、サラは聖女と呼んでも差し支えない。

だが、そんな彼女ですら麻痺を治す事はできない——……。

長く迷宮に潜り、神話の世界、英雄の領域に至った聖職者でなくば、扱えないのだ。

——唯一の例外が、カント寺院か……。

カドルトの神に仕える寺院の僧侶は、いかなる秘法によってか、聖域を築き上げている。

そこでなら死者を蘇らせる事すら可能だというのだから、目を見張るものがある。

無論、法外な喜捨が必要となるが、それは迷宮に潜る英雄にのみ再びの生が認められるから。

ならば毒や麻痺、石化を癒やす程度なぞ、造作もない事なのだろう――……。

「しっかし、出てくるのはオークとかコボルドじゃなかったのかね……」

「迷宮の中の情報を、全て承知している者などいやすまいよ」

独り言のつもりだったのだが、律儀にもプロスペローが応えてくれた。

「青ざめた死骸や、凍える怨霊《アイスファントム》を見たという話も聞く……」

「そりゃあ、おっかねえな……」

タック和尚を下げたとはいえ、彼は戦えない。実質ただ一人の後衛となる男。

声が苛立《いらだ》たしげなのは――不安があるからだろう。無理も無い話だ。

なんならセズマールだって今すぐ逃げ出したい気持ちがある。

――リーダーなんて、やるもんじゃあないな。

そう思うとどうしてか笑えてきて、そのお陰で助かってもいるのだけれど。

プロスペローは兜の下で笑うセズマールに胡乱《うろん》な目を向け、首を横に振った。

「迅速に地上へと戻るぞ。背後から不意打ちなど、考えたくも無い」

「わかってるよ、俺だってごめんさ」

こんなところで、あんな風に死にたくは無い。

セズマールは「和尚を頼むぞ」と、今度こそプロスペローの肩を叩いた。

魔術師は痛みに顔をしかめ、わざとらしく肩をさすってみせながら頷く。

――後はまあ、出たとこ勝負か……。
先ほど蹴倒した扉。その向こうには玄室から続く、一本道の通路が見えた。
――おかしな話だよな。あれが帰り道だってのに……。
セズマールには、何処までも果てしなく伸びる暗黒のようにしか思えなかった。

§

冒険者たちの動きは、酷く静かで、のろのろとして、鈍いものだった。
一区画――どころか、一歩進むごとに、思わず息を吐いて立ち止まる。
そうすれば怪物に遭遇しなくて済むとでもいうように、慎重な足取りだ。
実際、そんな験担ぎをする冒険者のパーティもあるというのは、ウワサに聞いた。
ただの気休めに過ぎないとも、笑いながら付け加えられたものだが――……。
別に、彼らの足取りが遅いのは、そうしたジンクスに縋《すが》ったものではない。
単純に、困惑と恐怖からだった。
行きと帰りで、ただ向きが変わっただけだというのに、酷く落ち着かなくなる。
見たことのない景色の中を歩いているようで、違う道に迷い込んだようにさえ思える。
「……おい、大丈夫なんだろうな?」
「うるっさいわね。いちいち話しかけないでよ……」

タック和尚をどうにか支えるプロスペローが声をあげ、サラが苛立たしく言い返す。

胸当てを身につけ手斧と小盾を構えた彼女は、ただそれだけで額に脂汗を滲《にじ》ませていた。

武具を揮う術を心得ているという事と、実際に前に出て敵と戦うという事は違う。

彼女は先ほどにも増して緊張していて、神経質にその長耳をしきりに震わせていた。

セズマールは進路をモラディンに任せながら、時折黙って、後ろを振り返る。

──大丈夫、同じだ。

記憶力が良い方じゃ無いが、見覚えのある景色が後に続いている。それが安心に繋《つな》がる。

「階段までどのぐらいだ……？」

「おいらの覚えじゃ、もう一、二区画かそこらで見えてくるとこ……」

その一区画が、いやに長い。地上にさえ戻れれば良いのだ。走り出したくなる。

だがそれでも彼らは歩調を早める事無く、着実に前へ進む。あと少し、もう少し……。

やがて竪穴から差し込む白い光に、ほっと息を吐いた。

「──……危ない！」

と、叫んだのは誰だったろうか。

あ、と思った時には周囲の暗がりから押し寄せるように、猛烈な一撃がきた。

首を狙って白い線が伸びた──……そう思えたのは、事が済んだ後だ。

相手の腕が悪かったのか此方《こちら》の運が良かったか。咄嗟《とっさ》に跳ね上げた愛剣が、一撃をかち上げた。

「わ、あッ⁉」

きぃんと澄んだ音を立てて折れ飛んだ、家伝の剣の最期の奉公であった。

思わずたたらを踏んだセズマールの前に並び立つのは、二人、三人の見窄《みすぼ》らしい男たち。

――なんだ、こいつら……⁉

ゾンビではない。生きている。冒険者が、怪物と勘違いして襲ってきたのか？

混乱するセズマールを他所に、既に状況はめまぐるしく動き始めていた。

「うひぃッ⁉」

「きゃあ……ッ⁉」

モラディンが短剣でもって相手の攻撃をいなし、サラが悲鳴をあげて盾で受ける。

小盾に食い込んだ刃はぎしぎしと音を立てて押し込まれ、エルフの細腕は今にも折れそう。

「この……ッ」

咄嗟にセズマールは玄室の扉を蹴っ飛ばすように、敵――そう敵だ――を蹴りつけた。

声も上げずに吹き飛んだ男は、ごろんと通路の床を転げて、すっと身を起こす。

――……なんなんだ……⁉

迷宮の中で人と相対して戦うなどとは、セズマールには思いもよらぬ事であった。

追い剝《ブッシュワッカー》ぎである。

元から盗賊だったものが迷宮に逃げ込んだか、あるいは冒険者なのかはさだかでない。

だがいずれにせよ、彼らはひとつの真理に気がついた者どもであった。

つまり怪物と戦うより、怪物を殺して財宝を得た冒険者を襲った方が儲《もう》かる。

それを賢いと称するならば賢いのだろうが、小賢《こざか》しいと言うのが正しいだろう。
もはやそうなれば善悪の戒律すらも踏み越えた、ただの怪物に過ぎないのだから。
故にこそ、セズマールにも一つわかる事はある。
——手練《てだ》れだ……！
生半《なまなか》な冒険者、ましてや今日迷宮に潜ったばかりの自分とは、比べものにならない。
それが今の一合で、ごっそり削られた集中力からも察される。
——今日、此処で死ぬかもしれない。
逃げて、こいつらを突っ切って、地上まで一目散に走り抜ける。現実的じゃあない。
戦って殺すか、殺されるか。それ以外の選択肢は無いのだ。
セズマールは折れた直剣を投げ捨て、銘もわからぬ剣の柄《つか》に手をかけた。
何故だか、ひどく楽しかった。恐怖にひきつった頬が、笑みの形に歪《ゆが》む。
「ありったけだ……！」
「え、ちょ、セズマール⁉」
セズマールは困惑したサラの声を隣に、見出《みいだ》した剣を軽々と揮って敵と切り結んだ。
相手は生意気にも剣と盾を携え、鎖の頭巾と鎧に身を固めている。
もしやすると、騎士崩れなのかもしれなかった。だが——……。
——俺は、お前たちとは違うぞ……！
それは系統だった思考などとはとても呼べぬ、セズマールの頭を塗り潰す思いだった。

相手が盗賊であれ、騎士であれ、何者であれ――自分は違う。

己は、迷宮に挑むのだ。

諦めない。屈さない。いずれ負けて骸《むくろ》を晒《さら》すにせよ、蘇生して立ち上がるにせよ。

これは迷宮と自分の勝負だ。

急速に窄《すぼ》まる視界の中、セズマールは右に左に剣を揮い、盾をぶつけた。

ブッシュワッカーの剣が盾を削り、金属片が散らばる。かまうものかと、押し込む。

そんな激しい戦いを目の前に、プロスペローは自分の役目を忘れてはいなかった。

「《カフアレフ《魂よ止まれ》　ターイ　ヌーンザンメ《汝の名は眠りなり》》！」

薄い白靄《もや》が呪文と共に指先から放たれ、ブッシュワッカーどもの周りを取り巻いていく。

外地であればどれほどの研鑽《けんさん》と才覚が必要となるだろう、他人の意識を奪う魔術の秘奥。

この魔術師が《闘神の酒場》で下働きをしていたのは、幸運以外の何者でもなかった。

タック和尚の見る目は確かだったという話だ。《小炎《ハリト》》ではこうはいくまい。

たちまち《睡眠《カティノ》》の術中に陥り、ブッシュワッカーの一人がぐらりと傾いた。

「いい仕事……！」

モラディンがにやりと笑うなり、無慈悲な手つきで、そいつの喉を突き徹《とお》す。

圃人《ほびと》のつらぬきの技、その鋭さについてはもはや語るまでもあるまい。

人面獣心の追い剝《は》ぎといえど、仲間が殺された事には動揺したのだろうか。

一瞬怯《ひる》んだその隙――それを見逃さず、セズマールは手にした剣を突き込んだ。

何百年かの時を経て主に巡り会ったその刃の鋭さは、目を見張るほどだった。

まったく手応えの一つも感じさせずに、鎖帷子《くさりかたびら》を貫いてのけたのだ。

血飛沫《ちしぶき》をあげて濁った悲鳴をあげるブッシュワッカーに、返しの太刀。

如何《いか》に迷宮に適応したといえど、肉体の強度が人のそれを飛び越えてはいないらしい。

立て続けの斬撃に耐えることもできず、その追い剝ぎも血の海へ沈んだ。

残すは、一人──あるいは一匹。

「サラ……！」

「ひっ、や……ッ⁉　きゃあッ　や、め……ッ　てよ……ッ⁉」

せめて道連れと思ったか、人質にでも取る気か、あるいは欲望のままか。

エルフの少女目掛けて立て続けに揮われる刃は、無慈悲にその命を削り取る。

いかに盾を掲げているとはいえ、その僧衣は裂け、白い肌には手傷も見える。

このままでは、まずい。

如何にその寿命が失われたとて、生来の鋭い五感を持つのがエルフというものだ。

その集中力は常人より高い──ただし、戦いの中で急速に削れていくというだけで。

「ら、あッ！」

セズマールは一声おめいて刃を振るった。ブッシュワッカーが盾を跳ね上げ、防ぐ。

にぃっと。盗賊の口が裂けるように嘲笑を浮かべ、血のように赤い舌が覗く。

蛮刀が振り上げられる。エルフの若い娘の頭をかち割る悦《よろこ》びに、その顔を歪め──……。

「《ベーアリフ　ダールイ　ザンメシーン》《生命の　カよ　反転せよ》！」

そこに、神の奇跡《バディオス》が炸裂《さくれつ》した。

サラが手斧ごと手を突き出し、甲高く裏返った声で叫んだのは、癒やしの御業のその真逆。

見る間にブッシュワッカーの顔面に亀裂が走り、皮が裂け、血肉が噴き出したではないか。

「――――――ッ‼⁉⁉⁉」

たまらず顔面を押さえ仰け反《の》ったブッシュワッカーは、声にならぬ悲鳴を上げてよろめいた。

もはや言葉はいらない。セズマールとモラディンは、目線だけで合図を取った。

「でぇやあッ‼」

「おりゃッ」

セズマールの一剣が頭巾ごと頭蓋を叩き割り、モラディンの短剣が脇腹を貫く。

戦いは、終わった。

足下の血溜まりには屍《しかばね》が三つ転がり、その場に立ち尽くすのは五人の冒険者。

息も絶え絶え、全身は返り血と手傷で斑《まだら》に染まり、精根尽き果て、無様の一言。

ある者はその場にへたり込み、ある者は壁にもたれ、武器や杖を支えにやっと立つ。

そのあまりの有様に、地上から降り立った冒険者が、ぎょっとした顔をして横を抜けていった。

つまり、階段は目の前。

まったく、生きて帰ってこれるなどとは思わなかったものだが――……。

セズマールは何ともなし、仲間たちの顔を見回した。

ひぃひぃと呼吸を整えていたサラが、額の汗を拭ったところにぶつかる。

金髪のエルフの碧眼《へきがん》が、きらりと輝いて此方を見つめた。

彼女はその細面にひきつった笑みを浮かべて、鈴の鳴るような声で言った。

「……で、次はいつ潜るの？」

§

「ああ、いたいた！　おうい、みんな、連れてきたぜ！」

《闘神の酒場》の混雑の中でも、モラディンの声は良く通った。

セズマールたち四人は、円卓についたままそちらの方へ目を向ける。

賑わいを「ちょいとごめんよ」と言ってすり抜ける小さな影の後ろに、黒い影。

「前衛できる人だと良いんだけどね」

酒精で白い顔をほんのり朱色に染めたサラが、頬杖《ほおづえ》をついて呟く。

彼女の僧衣は既に繕いを済ませた上で、その上には自前の防具、腰には戦棍《せんこん》。

あれからそう揮う機会は無かったけれど、彼女は頑として後衛を譲らない。

そのくせ武具防具はちゃんと整えたいと口喧《くちやかま》しく訴えるのには、笑ったが。

「後衛でも私は構わんよ。背後からの不意打ちだけはごめんだ」

ぶつくさと皮肉げに声を漏らすプロスペローの装いは、大差ない。

ただ彼は酒場で寛《くつろ》ぐ時は、その外套のフードを外す事が増えた。

存外の美男子っぷりに、女給たちや、街に来たての女性冒険者の姦《かしま》しい声が飛ぶ。

もっともサラに言わせると「実体を知らないからよ」との事らしいが。

「ま、モラディンが連れてきたんじゃ。奴《やっこ》さんより腕は立つじゃろうよ」

そして――円卓の上に散らばった財宝の鑑定にいそしむ、タック和尚。

あれから数度、セズマールたちは最初の玄室への突入と戦闘を繰り返した。

二度、三度。然程の回数ではないが、それでも、変化は驚くべきものだった。

迷宮の中での歩き方がわかる。戦い方が。生き残り方が。

これを経験、あるいは力量《レベル》と――呼ぶのだろうか。

セズマールにはわからない。

だが、楽しい。愉快だ。先に進みたくなってくる。そうなると……。

「やっぱり六人目は必要だからな」

セズマールは快活に笑って言った。

「俺としちゃあ、愉快な奴だったら言うことないぞ」

「ちょっと、誰が愉快な仲間よ」

「私以外はそうかもしれん」

途端にサラが目を吊《つ》り上げ、プロスペローが混ぜっ返す。タック和尚は目を細める。

ほどなくして、卓に辿《たど》り着いたモラディンが「面白い奴を連れてきたぜ」と言う。

「盗賊なんだか戦士なんだかわかりゃしないんだが、まあ腕は立つと思うんだよ」

「へえ！」

セズマールは席についたまま、その黒ずくめの男を見上げた。

頭からすっぽり黒頭巾を被《かぶ》って、黒装束を纏った、見るからに怪しげな男。

どこぞの密偵か何かだろうか。さっぱりわからない。わからないが――……。

――わからないってのは面白いことだ。

「そいつがセズマール、そっちからサラ、プロスペロー、タック和尚だぜ」

「……」

モラディンが仲間たちを紹介すると、頭巾の男は僅かに目を見開いたようだった。

そして途端に、くつくつと肩を揺らし、喉奥で忍び笑うような声を漏らす。

サラが胡乱な目を向けたが、彼は一切気にせずに、丁寧に両手を合わせて頭を下げた。

「ドーモ、スカラ・ブレイのホークウィンドだ。よろしく頼む」

「おお、まずは酒だな！」

セズマールは手をあげて、女給を呼び寄せた。

これからの冒険は、きっと実に面白いものになるだろう――……。

§

「で、その時に手に入れた剣がワースレイヤーだったってわけ？」

「いや、ただの剣さ」

ララジャの問いかけに、ミスター・キャットロブは実にあっさりと答えた。

迷宮の中においては、如何なる名剣豪剣の類でも、一括《ひとくく》りにただの「剣」だ。

怪物を相手取れば、ただのなまくらと大差無い――呪われていれば別にせよ。

「やつがワースレイヤーを手にしたのは、もっとずっと後だ」

「なんでえ……」

つまらない。ララジャはそう呟いて、手元の作業に意識を戻した。

かちゃかちゃと探針を動かして錠前と罠の具合を探るのに、手抜きはできない。

キャットロブの見えざる瞳は、ララジャの背中をいつだって監視している。

「得物は冒険の重要な要素だが、しかし最重要というわけではないという話だ」

「だからって、わざわざ良い装備を置いて冒険に行くのかよ」

「勘働きを鍛えるのに具合が良いのさ」

「カンバタラキ？」

「単なる戦いの上手下手というだけでなく、迷宮の歩き方を再確認するには、な」

単に強ければ、呪文を多く覚えていれば、用心していれば、それだけで攻略できる。

迷宮とは、そのような生易《なまやさ》しい場所ではないのだと、キャットロブは淡々と述べた。

「覚えておくと良い。死にたいなら別だがな」

「……おう」

ララジャは、不服ではあったが不満なく頷いた。

今の自分にはまだわからないが、きっと、そういうものなのだろう。

と、不意にカランと微かな音を立てて店の扉が開き、床の上の埃《ほこり》が僅かに舞った。

「いやあ、収穫だ、収穫。やっぱり地下一階でも歩き回っているといろいろ出てくるものだな！」

底抜けに明るい声さえ聞けば、その白い鎧兜を見なくともその人となりは見て取れる。

「いらっしゃい、セズマールの旦那」

「おう、今日も訓練か。頑張っているじゃあないか！　と、これは差し入れだな！」

言うなり、がしゃりと音を立てて頭陀袋《ずだぶくろ》がララジャの前、帳場の台に放り出された。

その大きさと音とで、中身にどれだけたっぷりと物が詰まっているかは、容易に察される。

紐《ひも》が緩んだ口から中を覗き込めば、剣に鎧に革袋、その他もろもろ、正体不明な品ばかり。

「差し入れって……迷宮の収穫じゃん」

「タック和尚がな、オルレア嬢の練習台に持っていってやれというのでな！」

その声を聞いたキャットロブが、獲物の接近に気づいた猫のように顔を上げた。

「ちょうど良い。オルレアが来る前に仕分けしておけ」

「ウェッ」

「宝箱もな。サボるなよ」

ララジャは心底げんなりとした顔をして、セズマールの笑い声がからからと店内に響き渡った。

第二章
リング・オブ・デス

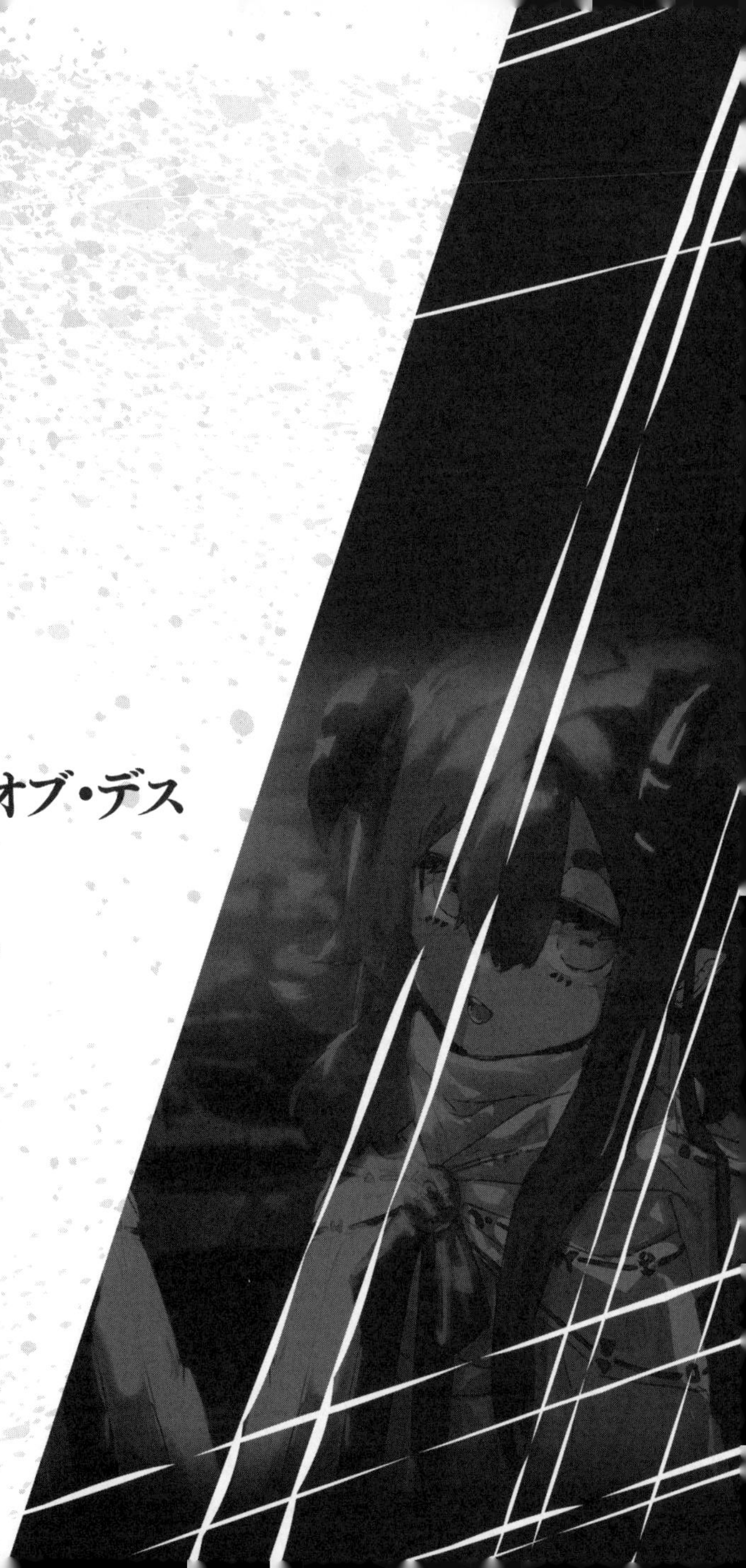

「買取価格は金貨五十枚がとこね、もちろん鑑定済が前提」

つまらなさそうに革袋を帳場の上へ放って、オルレアは素っ気なく言い放った。

「こんなに宝石が詰まっているのにか……⁉」

「だって、こんなの外地でも手に入るじゃない」

目を剝《む》いて反論する冒険者――恐らく《スケイル》に来て日の浅い男に、冷たく言い返す。

解けた袋の口からじゃらりと帳場に散らばったのは、色鮮やかな大粒の宝玉の数々。

小指の爪の先ほどの小さな紅玉から、握りこぶしほどの大きさの金剛石まで。

それが《キャットロブ商店《トレーディングポスト》》の薄明かりの中でさえ、きらきらと光を反射して輝いていた。

が、こんなものは《スケイル》において、子供のおはじきくらいの価値しか無い。

およそ魔法のかかっていないものなど、如何《いか》な名剣であろうとただの「けん」に過ぎない。

したがって、この品物だとて、ただの「革袋」ないし「宝石の袋」でしかないのだ。

「ま、お望みならひとつひとつ、あたしが石の種類まで鑑定したげても良いけど」

継《つ》ぎ接《は》ぎだらけの指先で、オルレアはわざとらしく小石を転がして、客を見やった。

「手間賃で金貨五十枚は支払って貰《もら》わないと」

男は葛藤を隠す事無く顔に出して、低い声で唸《うな》ると、やっとの思いで言葉を絞り出した。

「……鑑定無しで売ったら？」

「そんなの、ただの石ころなんて買い取るわけないでしょ」

ぼったくりめと、低く吐き捨てられる。

いいい、

——ま、その通りよね。

オルレアは否定しなかった。自分がその店の店員でなければ、笑って同意もしただろう。

まったくアコギな商売だ——なにせ鑑定額と、買取価格が同値なのだから。

とはいえ……鑑定の手間賃という意味に限れば、店側にだって儲《もう》けはないのだけれど。

ミスター・キャットロブは鑑定で儲ける気はないのだろう。

修行なのだか奉公なのだかわからぬ店番を繰り返すうち、オルレアはとうにそれに気づいていた。

あの人の目当ては呪われた武器防具で、だからこそ解呪《ディスペル》を高額で請け負っているのだから。

——趣味が悪いったら……。

全身を酷《ひど》く蝕《むしば》んでいた数多《あまた》の呪いを思い返すと、今でも体が強張《こわば》り、震えが走る。

キャットロブの手にかかって、すっかり解けたとはいえ……忘れられるものではないからだ。

それをもたらした品々が、今も石壁一枚の向こう側で陳列されているのは、良い気分はしない。

「……舐《な》めてんじゃねえぞ！」

「……？」

などと、ぼんやりしているのをどう受け取ったのか、男が腰の剣に手をかけてわめいていた。

——やっぱり初心者か。

一、二度、冒険を繰り返した事で、自分の力量が高まりつつある事を自覚した手合い。

地上にいる相手になら暴力で意を通せる——そこまでは考えられても、通した後までは至らない。

「まあ、殺すなら殺しても良いけどさ」

オルレアは包帯に覆われていない、ひとつきりの瞳をギョロつかせ、男を見やった。

そこには暴力に対する怯《おび》えも死への怖れもなく、諦めとも呆《あき》れともつかぬ、冷めた色があった。

「精霊に首を刎《は》ね飛ばされても文句言わないでよ」

途端、男はびくりと身を震わせて、左右に目線を走らせた。

キャットロブ商店が火水土風の四大精霊と契約し、店の防犯を任せている——……。

そんな眉唾ものの噂《うわさ》がまことしやかに囁《ささや》かれている事を、どうやらこの男も聞いてはいたらしい。

オルレアも、それが事実かどうかは知らない。キャットロブが教えてくれないからだ。

だが、唯一真実だと知っている話はある。

先達てこの店に押し入った強盗が、一刀のもとに首を刎ねられて死んだ、という事だ。

カント寺院にその死体が担ぎ込まれたところを、何人も目にしているという。

ララジャにそれとなく話を聞いてみようとしたら、意味深な笑みではぐらかされたものだが……。

——あれはあとでとっちめないと……。

「……ちっ。もう良い、頼まねえよ！」

と、やはり物思いに耽《ふけ》っている間に、男は決断を下したらしい。

革袋を横摑《よこづか》みに掻《か》っ攫《さら》うと、ばたばたと慌ただしく店の外へと飛び出していく。

《闘神の酒場《ドゥルガー》》か地下一階あたりで、また「かんてい」でも探して頼み込むのだろうか。

どっちみち、鑑定料としてある程度せしめられるのは変わらないだろうに——……。

「客を逃したな」

不意にぼそりと、店の奥で何かの作業をしていたらしいキャットロブが呟《つぶや》いた。

音もなく暗がりから這《は》い出て来る様は、オルレアには老練な野良猫のように思える。

猫の尾《キャットロブ》なんて可愛らしいものではないとも、同時に思うのだけれど。

「客見て商売してるだけ」

オルレアは言い返し、にっと僅《わず》かに歯を見せ、意地悪く笑った。

「今までできなかったからね」

「好きにするが良いさ」キャットロブは短く言った。「賃金も、好きにさせてもらうがね」

「ご自由に」

素っ気なく言って、オルレアは頬杖《ほおづえ》を突いた。

実に——良い気分だった。

あの筵《むしろ》一枚を敷いた薦被《こもかぶ》りか夜鷹《よたか》めいた地下一階の店に比べれば、居心地の良さが違う。

大店《おおだな》の帳場に座って、店長から鑑定を任されて、こうして客を待っている、なんて——……。

——立派になったもんじゃない？

半ば自嘲めいた笑みと共に、そんな思いが浮かぶ。

いつかは、いずれは。立派に稼いで、商いを始めて、故郷の父母にそれを伝えて、安心させて。

頭の中に帳簿を開いて勘定をつける——それだって夢のような話だ——分には、まだ先のこと。

今のままでは、まだ胸を張って独り立ちとは言えまい。

ララジャ……はともかく、ガーベイジに、それから……。

「……ベルカナンか」

あののっぽめと容赦なく呼ぶのは、つまり彼女に遠慮する事はしないと決めているからだけれど。

――レーアに生まれたことを嘆いた事はないけれど、あれがヒューム扱いはずっこくないか？

どこもかしこも大きく立派なあの娘に張り合うには、鑑定と呪文がまだまだ足りない。

せめて気位ぐらいは高く持っておきたいものだけれど――……と。

「あら」

からんとドアに吊《つ》るしたベルが鳴り、また新たな来客。

特に居住まいを正すでもなく目を向ければ、火傷の傷跡も痛々しい、包帯まみれの若い男。

もっともその程度は、このスケイルでは珍しくもない。オルレア自身だとて、そうだ。

だが、それでも彼女はその青年の事を覚えていた。然程《さほど》の縁ではないにせよ。確か――……。

「靴屋の息子」

「シューマッハだよ」

「間違ってはいないでしょ」

苦々しげに訂正された名前に、オルレアはふんと鼻を鳴らして応じた。

ララジャ――というよりガーベイジ、そしてベルカナンの名を上げさせた赤の竜殺し。

その語り部の一人であり、生き証人でもある冒険者だ。

――冒険者なのよね。

仲間を竜に殺され自分も死にかけ、それでもこうして迷宮から離れずに生きている。

オルレアは少し興味を――猫の好奇心めいた気まぐれだが――彼に向け、一つの目を瞬かせた。

「鑑定？　言っておくけど、値段の文句はあたしじゃなくて店長サマにお願いね」

「悪いが、鑑定じゃあないんだ。装備を見立てたい……」

「なら尚のことミスター・キャットロブの出番じゃない」

とはいえ――……。

――見立てなきゃいけないほどかしら？

もちろん、ワースレイヤーや黒漆の剣《ブラックジャパンド》などとは比べるべくも無い。

だがシューマッハが腰に下げた切り裂きの剣は、その名を与えられた通り、ただの剣ではない。

身に纏《まと》っているものだって、装甲のあちこちを複数の鎧《よろい》から継ぎ接ぎしたとはいえ、立派な鎧《プレートメイル》。

昨日今日迷宮に挑んだばかりの新参者ではなく、幾度か死線を潜り抜けた風格が漂っている。

なんといっても、この男は赤の竜に挑んだのだ――無茶で無謀で、無策だったとはいえ。

オルレアは顎でしゃくるようにして、背後の具足掛けに吊るされた、重厚な鎧を示した。

「ますらおの鎧でよかったら、一つ在庫があるけど？」

「いや、俺じゃあないんだ」

そう言って、シューマッハは店の扉を開けて待ち、オルレアも辛抱強くそれに付き合った。

ややあって、とことこと入ってきたのは――随分と小柄な人影。

だが、圃人《ほびと》ではない。なにせ、靴をはいている。

レーアより大柄で、体格も良く、しかれどもドワーフとは違って透き通った雪のように白い柔肌。

何よりも、その頭に生えた二本の巻角。ノームの娘。おそらくは魔術師……。

だが、オルレアが目を見張ったのは、そこではない。

赤と、青。

「私たちの装備を贖《あがな》いに参りました」

彼女の左右の髪と、角と、瞳と、体は、真二つに別人をくっつけたように別の色をしていたのだ。

§

「彼女はラームとサームだ」

「ラームサーム？」オルレアは目を瞬かせた。「どっちが家名？」

「いや、ラームとサームだ」

意味がわからなかった。

ちらりと目をやれば、赤と青に塗り分けられたような娘が、ちょこんとそこに佇《たたず》んでいる。

浮世離れしているというか、心此処《ここ》に在らずというか。ふわふわと漂っているような、そんな表情。

——ノームは犬耳だなんて話も聞いた事はあったけれど……。

どうやら山羊様の角が生えている……という事で間違いではないらしい。

いや、生えているのは額に二本ではなかったか？　オークなんかと同じような感じで……。

つらつらと生家で読み耽《ふけ》った書物の類《たぐい》でも、ノームについての記述はばらけていた。

さては真正のノームを知らぬ者が、頭に獣の特徴があるだ角があるだだけでそう書物に纏めたか。

――学問って面倒くささそう。

オルレアはあっさりとそう見切りをつけて、そのノームの方へと目を向けた。

赤と青。左右どちらを向くかでくるくると印象が変わり、まるで二人いるかのよう。

そんな彼女は店内をあれこれと見回しては、小声で何事か囁き、くすくすと笑っている。

そう、二人いるかのようにだ。

「……」

魔術師の類にもれず――全部をそうしてしまうのは、ベルカナンには申し訳がないが――……。

――イアルマスは、まあ、良いか。

「……頭がおかしい？」

「事情があるんだ」

シューマッハは辛抱強く言った。

曰《いわ》く――……曰く、だ。

ラームとサームの双子の姉妹は、冒険者であり、迷宮で死に、カント寺院に担ぎ込まれた。

そして二人揃《そろ》って蘇生《そせい》に失敗し――シスター・アイネは否定しそうだ――灰となった。

彼女たちの元いたパーティは、それ以上の蘇生費用工面を断念し、解散となった。

別に珍しい話ではない。

蘇生費用を稼ぐための苦労と、新しいメンバーを加えて探索を進めて稼ぐのと。

天秤《てんびん》にかけて、後者を選ぶことは、このスケイルでは特段咎《とが》められる事ではないのだから。

ましてや生き残ったメンバーが一人二人となれば、もう他のパーティへ行く方が早いだろう。

結果として、姉妹の遺灰は寺院に預けられ、いつかの復活か、魂が消失し埋葬される時を待った。

幸運にもシューマッハが経験のある魔術師を仲間に求めた事で、蘇生がもたらされたのだが……。

「どうも、灰が混ざってたみたいなんだ」

「はあ?」とオルレアは目を剝いた。「ありえるの、そんな事」

「ありえたから、こうなってる……」

シューマッハは深々と息を吐いた。

「……俺は魔術師が一人欲しかっただけなんだけどな」

「何にしたって、寺院の失態じゃあない」

「蘇《よみがえ》ったのには変わらないから、神の思《おぼ》し召しなのだと」

「因業《いんごう》な連中……」

カントの坊主どもが寄付金を返したりしないのは当たり前の事ではあった。

オルレアも世話になっているアイニッキはともかく、寺院を擁護する気はない。

まったく酷いことになったものだと、頰杖を突いて赤青の少女を見やった。

「で、結局あんたはラームなの、サームなの?」

呼ばれて、赤青の娘は一拍置いてからぼんやりとした様子でオルレアの方を向いた。

「……さあ?」ひそひそと彼女は囁いた。「どちらでしょう?」別人のように、はきはきと言う。

――これじゃあね。

「無くもない」

不意に、背後から不意討つ短剣のように低く鋭い声。

店奥の暗がりから、のそりと這い出てきたキャットロブだった。

オルレアはびくりと小さな体を震わせながら、痩身のエルフに振り返る。

一つの瞳でいくら睨《にら》みつけたところで、この盲目の男には通じはしないのだが。

「蘇生の方法にもいろいろあるが……その中に、転送の儀というものがあってな」

曰く、二つの棺《ひつぎ》を魂緒《ケーブル》で繋《つな》いで行う儀式なのだという。

成功すれば、冒険者の亡骸《なきがら》は消え去り、もう一方の棺から生きて現れるのだとか。

だが――……。

「儀式の最中に魂緒が切れると、魂が分かたれて、同じ冒険者が二人になる……という事があった」

「信じらんない話……」

呆れて物も言えない。頭痛を堪《こら》えるようにオルレアは眉間に指を当てた。

今回もそれと似たような事が起こった、と？　まったく……本当に頭が痛くなりそうだ。

だから、話を切り替える事にした。他にも気にかかる事はあるものだ。

「にしたって、随分と羽振りが良いじゃない」

魔術師を寺院で灰から復活させ、さらにその装備まで整える。

つまり魔術師が彼のパーティからは欠けていたという事だ。

なのに金がある。必死に稼いでパーティを再建させたようにも見えない。

シューマッハは頷《うなず》いた。

「ああ、支度金を貰ってさ」

「支度金？」

「依頼の……」と彼は言葉を句切った。「……モンスター配備《アロケーション》センターまで行くんだ」

うえ、と。オルレアは思い切り顔をしかめた。

あの忌々《いまいま》しい場所に好き好んで行く物好きがいるとは、その気がしれない。

――イアルマスか、あの残飯くらいのものよね……。

そのオルレアの表情をどう受け取ったのか、シューマッハは慌てて付け足した。

「本当だぜ？　金はあるんだ。そこから指輪を拾ってくる、前金でな」

「指輪？」

「そりゃあ、圃人《ほびと》が警戒するのはわかるけどな……」

外地の好事家や研究者が、金を積んで迷宮から発見された品々を収集する。

それ自体は別に驚くべき事ではないけれど、指輪一つ。支度金まで用意して。

オルレアは訝《いぶか》しんだ。だが、それ以上に何か指摘できる所も無い。

「……騙《だま》されてない？」

だからせいぜい皮肉を言う程度。シューマッハは思い切り顔をしかめ、呻《うめ》いた。

そこにとことこと、ラームとサーム――と呼ぶしか無い――が歩み寄ってくる。

彼女はその細い腕と小さい手に、一振りの杖《つえ》を選び取っていた。

古木から削り出され、宝玉の嵌《は》まった――……。

――それでもただの杖《スタッフ》ね。

ぼんやりとしたノームの魔術師の顔からは、何故それを選んだのかはわからない。

だからオルレアは、自分の役目を果たす事に務め、ノームに輪をかけて小さな掌《てのひら》を出した。

「金貨五枚ね」

「ああ」

シューマッハが頷き、革の袋から金貨を取り出して彼女に渡した。

その際に袋がじゃらりと重たそうな音を立てたあたり、支度金自体は本当らしいが。

――……まあ、いいか。

自分がいくら心配したところで、何がどうなるわけでもない。

そもそも自分は自分と、その周囲の事で手一杯だ。それ以上に手を差し伸べる気はない。

誰彼構わず助けて回って、たいした事ないなんて顔をする、そんな輩《やから》になるつもりはない。

必死に歯を食い縛って手を伸ばしてくるような奴だって、気に入らないのに――……。

「しかし、モンスター配備《アロケーション》センターの指輪か」

不意にキャットロブが、ぼそりと呟いた。はたと、オルレアは片目を上げた。

武具店の店主は光の無い瞳で、じっとシューマッハを見て、言った。

「死体にも役目がある事を、覚えておくと良い」

§

――……意味がわからないな。
シューマッハは、迷宮の入り口で腕を組み、深く息を吐いた。
だが、まあ、キャットロブの言葉を抜きにしたって、わからない事ばかりだ。
あの日、赤の竜と戦う事を志して迷宮に潜った時から、いつだって何もわからない。
だから彼は黙々と前に進む事を意識して、そのために仲間たちを振り返った。
――仲間たち。
皮肉な言葉だ。
彼の最初のパーティメンバーは、街で集めた商家の子息、友人たちは、もういない。
赤の竜に殺されて、帰ってこない者もいた。親に怒られて、親元に戻った奴もいる。
その後に集めた者も、死んだり、抜けたり、入れ替わったり、それを繰り返して……。
いつのまにか、自分一人。
結局今回のメンバーだって、この仕事に際して声をかけた面々に過ぎないのだ。
「…………?」
ラーム、あるいはサームが此方《こちら》を見上げ、不思議そうに首を傾《かし》げてくる。
彼女の他に、集まった仲間は三人――……合計で五人。

一人は異様に小柄。薄汚れた具足の上に白い外套《がいとう》。素足。手には細身の湾刀。外套《がいとう》から零《こぼ》れるのは白い三つ編み。フードの奥には赤い瞳。異様に白い肌。白子《アルビノ》の圃人《ほびと》の、女。自らの職業を、馳夫《ストライダー》などと名乗っていた。

シューマッハの視線に気づくと、にやっと笑う。猫めいた、意味深な笑み。

次の一人は全身を異様な鎧兜《よろいかぶと》で覆い尽くした、大柄な人間だ。……恐らくは。何しろ顔もわからない。肌の色もだ。話しかけても頷くか、首を振るか。

黒く禍々《まがまが》しいその甲冑《かっちゅう》は、良く見ると何着もの鎧を幾重にも重ねたような案配。同じように両手には何本もの剣を、爪のように一緒くたに握りしめている。

どうやら前衛を務めてくれるらしいが──身のこなしは、然程のものではない。

最後の一人は、長く伸ばした黒髪を頭の後ろで束ねた、人間の娘。

黒く墨を塗りたくった革の鎧。ただその意匠は、シューマッハも知らぬ異国のそれ。盗賊だと名乗っていた。うきうきとした様子で目を輝かせ、浮かれている。

察するに、迷宮は初めて。

彼女は後衛に置いておこうと、シューマッハは決めていた。

「で、ボクは前に出て戦えば良いのかな?」

にやにやと笑ったまま、白子《アルビノ》の圃人《ほびと》──馳夫《ストライダー》のレグナーが言った。シューマッハは頷く。

「戦えるんだろう?」

「そりゃあね」

何がおかしいのか、レグナーはくつくつと声を殺して笑った。

「おねーさんは相応にやれるもんだよ」

「じゃあ、頼む。後の前衛は俺と……」

「それがしにお任せを！」

言葉を遮るように、黒髪の娘が元気よく大声を上げ、勢いのままに片手も上げた。

ノームの娘がぼんやりした顔で目を白黒させ、レグナーは目を細める。

「影なる凬、シャドウウィンド！　今は未熟なれど、必ずやお役に立ってごらんにいれますぞ！」

「………いや」

シューマッハは慎重に言葉を選んだ。いきなり相手の自尊心を傷つけたくはない。

それはつまり、いずれ自分に返ってくる刃の鋭さに変わるからだ。

「シャドウは後衛を頼むよ。魔術師を守って欲しいし、後方を警戒して欲しい」

「承知！」

嬉々《きき》として誇らしげに答えるのを聞いて、シューマッハは内心胸を撫《な》で下ろした。

どうやら正解だったようだ。これなら、後ろを任せても刺される事はあるまい。

「かわりに、ええと……」

甲冑の兜《かぶと》を見やる。当然、庇《ひさし》の奥に隠された顔を見る事はできない。

「コレタス」

ぼそぼそと、か細く聞き取れない声で返事があった。一瞬考える。名前、だろう。

「コレタス、前衛を頼む」

「………」

返事は、やはり聞き取れなかった。だが鉄兜を大きく上下に揺らしている。肯定。

ただ隊列を決めるだけで、シューマッハはどっと疲弊したように感じていた。

迷宮を探索したいだけなのに、どうしてこうも余計な事に気を回さねばならないのか。

もちろん、それが決して余計な事、些事《さじ》の類ではないからなのだが……。

――こうしてみると。

父親の靴工房で下働きさせられた経験が、活きているのかもしれなかった。

親父も苦労していたのだろうと思う反面、素直にそれを認めるのも癪《しゃく》だったが。

――頭ってのは大変なんだな……。

シューマッハは、深々と息を吐いた。

「よし、行こうか。とりあえず目的地は、地下三階。玄室は避けて進むぞ」

頭を切り替える。先に進む。そのための方針を共有する。

彼は仲間たちを見回して行った。

「行って、指輪を取って、帰る。それで決まりだ」

各々《おのおの》が――……いや、コレタスと、シャドウウィンドが頷いた。

ひょこりと下方から、勢いよく伸びる小さな手。

「ボクから質問一つ」

レグナーが、やはり面白がってからかうような口調で問うてきた。

「なんだって五人なのさ?」

「そりゃ……」

シューマッハは、特に誤魔化す事もなく、素直に答えた。

「上手くいったら、一人増えるからな」

ノームの娘が、不思議そうな顔で此方《こちら》を見上げていた。

§

冒険者どもの屯《たむろ》する最初の区画を抜けると、いつだって背筋がぞくりとする。

シューマッハにとって、地下一階は常に死地だ。

なぜなら、この階層にも赤き死の竜が現れる事を彼は知っている。思い知っている。

そして死は別に竜の形に限らず、骸骨や、人間型の生き物、見窄《みすぼ》らしい男の時もある。

緊張に手足が強《こわ》ばる横を――レーアの娘は、素足でぺたぺたと散歩するように歩くのだ。

「もしかしてキミってば、十フィート棒かコインでも無いと歩くのが怖いのかい?」

立ち竦《すく》んだままのシューマッハを、レグナーはけらけらと嘲《あざけ》るように笑った。

「ほら、こっち。サクサク行っちゃおうぜ? おねーさんについてきな」

彼女の白い髪が暗闇に消えかけ、それを追うようにシューマッハも進んだ。

コレタスは無言でがちゃがちゃと甲冑を鳴らして続き、背後にとことことという足音が一つ。

一瞬ぎょっとしたが、ちらと背後を振り返れば、シャドウウィンドはしっかりとそこにいる。

此方と目があうと、黒装束の胸を誇らしげに反らし、満足げに頷いている。

どうやら彼女は、足音を殺しているらしい。盗賊か、密偵か、何かは知らないが……。

ラーム――かサーム――が不思議そうに首を傾《かし》げ、「何でも無い」と返して前を向く。

――姉妹の残りが、神官だったら良いんだけどな。

無い物ねだりではある。

そもそもが癒やしの奇跡、守りの祝禱《しゅくとう》術などというのは、外地でも奇跡扱いだ。

スケイルでこそ珍しくないとはいえ、いつだって術者は重宝され、余る試しが無い。

それはあの火竜との戦いで、あののっぽの少女が見せた戦い振りを思えば納得の事……。

（ベルカナンが酒場の余り物であったなど、シューマッハは知る由《よし》もない。）

ましてや神から奇跡を授かった神官、司祭の類は、引っ張りだこだ。

魔術師が一人いるだけでも、良しとしなければ……。

「…………」

不意に響いたがしゃんという音が、シューマッハの思考を破った。

コレタスが甲冑を鳴らして動きを止めたのだ。

「どうした……？」

「……」

すわ敵か。シューマッハが緊張に声を上擦《うわず》らせるのを他所《よそ》に、甲冑の手が上がる。

「《ミームアリフ　ペーザンメ　レー　フェーイチェー《大いなる盾よ彼方より疾く来たれ》》」

ぼそぼそと不明瞭な詠唱に伴って、ふわりと光の膜が周囲を覆うように広がった。

「な、なにごと……!?」

「《大楯《マポーフィック》》の奇跡……」

滑稽なほど大仰に周囲を見回すシャドウの横で、ノームの魔術師が無感動にぼそぼそと呟く。

祝禱術を扱える、戦士。つまり――……。

「あんた、君主《ロード》だったのか……!?」

「……」

コレタスは何も言わなかった。かわって、けたけたとレグナーの笑い声が響く。

「なんだ、忘れてただけか」

彼女は皮肉をたっぷり含んだ口ぶりでそう言いながら、立ち止まって片目を瞑《つむ》った。

「ボクはてっきり、まだ覚えてないのかと思ったぜ」

「……」

やはり、コレタスは答えない。

シューマッハはまじまじと、その鎧兜を見返した。

――……なんなんだ、いったい。

守りの祝禱はありがたかったが、しかしこれっぽっちも安心はできなかった。

§

無人の野を行くように迷宮を進むのは、まったくもってシューマッハの趣味ではない。

だが先導するレグナーにかかれば、そうはいかなかった。

彼女はびゅんびゅんと、呑気《のんき》に近所の小道を散歩するように、軽快に歩くのだ。

右、左、前。地図もないのに、まるで迷う気配がない。

——馳夫《ストライダー》、か。

長い足。レーアが名乗るには不釣り合いな二つ名だが、こうして見ると相応《ふさわ》しい。

シューマッハは、とうに地図を見て道を確認するのを諦めていた。

そんな事をしていては、自分の足では彼女に追いつけない——……というより。

その素振りを見せた途端、レグナーに「はッ」と鼻で笑われてしまったからだ。

「戦士が両手を塞いでどうすんのさ」

故に、今背後ではシャドウウィンドが必死になって羊皮紙に筆を走らせている。

「任せてくだされ！」と威勢良く言ってはいたが、後で確認はすべきだろう……。

「……なあ、階段は違う方向じゃあないのか？」

「なあに、ボクが迷ってるって？」

振り返りもせずレグナーが尖《とが》った声を投げつけ、それがシューマッハに刺さった。

「そんなわけないじゃんかさ。ド素人じゃああるまいし……ほら、見えてきたぜ」

見えてきた、とは。

シューマッハは、その言葉に目を凝らした。行く手には、闇が広がるばかり。

いや――……。

「なんだ、これ……」

そこには、文字通り暗闇しか存在しなかった。

迷宮の中に満ち満ちる瘴気《しょうき》のせいか、なるほど確かに、見える範囲は限られている。

だがしかし、それでも微《かす》かに見通せるはずのものが、まったく無い。

シューマッハの行く手には、暗黒の領域《ダークゾーン》が怪物の顎のように口を開けて待っているのみ。

ごくり、と。唾を飲んだ自分の喉の音が、妙に大きく聞こえた気がした。

「これはまた、面妖ですな……」

どう地図に記すか思案するシャドウウィンドの横で、コレタスがぼそりと何事かを囁いた。

「……ミームイ――……」

「おいおい、《光明《ミルワ》》なんか唱えたって意味ないぜ?」

途端にぴしゃりと、その詠唱を遮ってレグナーが口を釣り上げた。

そしてその真っ赤な瞳が、猫めいて細められながらシューマッハの方を向く。

「怖いなら、ボクが手ェ繋いでやろうか?」

「……戦士が両手塞ぐなって、お前がさっき言ったんじゃあないか」

シューマッハの返答に、どうやらレグナーは満足したらしい。

「なら、見当つけてついてきなよ」

彼女はひょいっと暗黒の中に身を投じ、後にはひたひたという素足の足音が残るのみ。

しばしの沈黙の後、それに続いてコレタスがガシャガシャと甲冑を鳴らして踏み込む。

無論、シューマッハは臆して立ち止まっていたわけではない。

「行けるか？」

「……はい」

こくん。ノームの娘は、その赤青に分かれた角を揺らして、小さく頭を動かした。

その声は夢うつつのようにふわふわとして、決して確かなものではなかったけれど。

「じゃあ、最後尾は頼むぞ」

「お、おまかせくだされ……！」

対してぶんぶんと大きく頭を上下させるシャドウウィンドは、声が上擦っている。

――やっぱり後で地図を確認する必要はあるな。

後があれば、だが。

§

「……何処《どこ》を目指してるんだ」

「地下三階でしょ？」

闇の中、どうしてかレーアの赤い瞳が此方を振り返って燃えているように見えた。

そんなのは錯覚で、目の前には文字通りの暗黒が広がっているばかり。

聞こえるのはひたひたという素足の音と、喉の奥で鈴の転がる笑い声ばかり。

「下に降りるのさ……」

「レグナー殿、階段がこの先にあると申されるのか？」

背後から、シャドウウィンドがやけにしゃちほこばった言い方で問うた。

虚勢を張って怯えを隠しているのだ、という事はすぐにわかった。

まだ付き合ってから少し――数分、数時間、数日――では、あったけれど。

だが返事は、前方からではなく、やはり後方から。

「……昇降機」

ぼそぼそと、ノームの娘が呟くか細い言葉。声は二重に反響し、一人とは思えぬ。

答えたのは……彼女は、ラームか、サームか……。

――いや。

「君たち」

シューマッハがそう問うと、「へ」と戸惑うシャドウウィンドの隣で、足音が止まった。

「…………」一瞬の沈黙。「天界に贄《にえ》を捧《ささ》げ、深界に牲《せい》を届ける、祭壇であると」

「ご明察」

レグナーが微かに笑った。

立ち止まったのもほんの僅か。すぐにノームの少女は、とことこと歩き出す。

シューマッハは彼女……彼女たちの返答に「なるほど」と、頷いた。よくは、わかっていない。

彼が知っているのは、イアルマス、あるいはオールスターズが、それを見つけたという話だけ。

それにそもそも昇降機があるのは――……。

「モンスター配備《アロケーション》センター、地下三階じゃあないのか」

「三階、三階ね。ふん」

レグナーが不満そうに鼻を鳴らす。彼女が何に苛立《いらだ》ったのかは、わからないが。

「そっちは個人用《プライベート》……いや、訓練を終えた新兵用《プライベート》の直行便だよ」

キミたちにはまだ早い。

くすくす、ひたひた。笑い声と足音が、コレタスの甲冑の音に紛れて消える。

「………………」

コレタスは、ほとんど口も利かず、黙々と歩いているようであった。

この暗黒領域にも躊躇《ちゅうちょ》無く踏み込むし、何を考えているのかさっぱりわからない。

が、その点を除けば、今はその寡黙さと従順さはシューマッハにはありがたかった。

考えるべきことが、あまりにも多すぎる。

「ほら、ついたぜ」

不意にレグナーがそう声を発した。

彼女の気配は不思議なことに、ひょいと軽い一歩と共に暗闇の中から消え失《う》せている。

シューマッハは遅れじと決断的に前に踏み出し――……。

「さしずめこっちは、業務用ってトコだね」

けたけたと笑うレーアが、一枚岩のようにぴたりと閉じた、両開きの扉を叩《たた》く様を見た。

その傍《かたわ》らにはコレタスの姿があり、背後からは遅れて、ノームと盗賊の少女たち。

「こ、この部屋に入る……と……？」

「入る……」一瞬の沈黙、思案。僅かな声音の変化。「……乗る？」

赤青の少女の言葉がきっかけとなったかのように、音も無く扉が左右に滑り、開く。

中は六人がやっと入れるほどの小部屋となっており、壁には端子が幾つも並んでいた。

六人入れる。普通なら、広いはずだが――……息詰まるような狭さに思える。

迷宮に満ちる瘴気のせいだろうか。広い、狭いといった感覚さえ曖昧だ。

シューマッハには、何故だかその小さい玄室が、棺桶《かんおけ》のように思えてならなかった。

「よっしボクがいっちばん！」

だが、レグナーは違う――違わなかったとしても、気にしていないようだった。

彼女は文字通り飛び込むようにして玄室に身を躍らせ、ぎしりと部屋が軽く傾いだ。

「揺れた……？」

「そりゃ、上から吊ってあるからね」

怖い？　レーアの赤い瞳が、ぬらぬらと濡《ぬ》れた色で下から見上げてくる。

あのキャットロブ商店の少女——オルレアとはまるで違う。

シューマッハは何も答えずに、無言のまま昇降機の中に足を踏み入れた。

「……」

「やっぱり……乗る、ですね」

すぐにコレタスが甲冑を鳴らして続き、遅れてノームのとことこという足音。

「わ、わあ……っ」

最後に音も無くシャドウウィンドが小走りに入って、しゅっと静かに扉が閉まった。

びくりと最後尾の盗賊が黒髪を跳ねさせるのを他所に、レグナーが壁の端子に向かう。

「地下三階でいーんだよね？」

「ああ」シューマッハは頷いた。「降りて、指輪を頂いて、帰る。それだけだ」

「あいあい」

レーアが小さな手指で端子を押し込むと、気色悪い浮遊感が一行を襲った。

部屋が——箱が、動いている。下に沈む。落ちていく。何処までも深く。

迷宮では一階、二階と数えてこそいるが、各階の高さは誰にもわからない。

石床一枚のようにも、巨大な大空洞のようにも思えるし、感じるからだ。

だからシューマッハは、果てしなく、永遠に落下し続けても不思議ではないと思った。

そんな事を思い煩《わずら》っても、仕方が無い。

むしろ不安を勘付かれてレグナーに嘲られるのが、嫌だったのかもしれない。

彼はむっつりと黙り込んで、腕を組むと壁に寄りかかって、一同を見回した。
その様を見て、案の定赤い瞳が愉快そうに歪《ゆが》むのに気づいたが、それを無視する。
馳夫《ストライダー》なるレーア、君主《ロード》らしい甲冑の……ヒューマン。ノームの魔術師。新人の盗賊。
――……徘徊する怪物《ワンダリングモンスター》との遭遇が無いのは良いが……。
このまま仲間の実力もわからないで、玄室に飛び込むのは些《いささ》か不安が残る。
連携など望むべくもなく、生きて帰れるのかもわからない。
――いや、それも今更だ。
昨日今日出会ったばかりの面々に命を預けるのだから、そんな事は大前提だ。
誰かが死ぬのも、計算の内。報酬が出れば蘇生は十分できる。
全員が無事に帰れれば最高だが、優先すべきは冒険の成功。
究極、自分一人だけ生き残ればそれで良い……。
シューマッハは、自分の心の内がひどく乾いている事に気がつきつつあった。
――いつの頃からだろう?
赤の竜と戦った後か。灰になった仲間を見捨てた時か。背を向けた敵を殺した時か。
わからなかった。迷宮に潜る者は皆そうなるのだろうか。自分だけなのか？
つまりは、これが――「悪」になる、というものなのかもしれなかった。

§

チン、と。場違いに軽い音がして部屋が揺れ、扉が開いた。

レグナーが風のように飛び出し、シューマッハ、コレタスが続く。後衛はその後に。

地下三階。

景観はさして変化しない癖をして、その寒々しさは地下一階のそれを遙《はる》かに上回る。

スケイルの冒険者は地上と迷宮の往復を繰り返して、人の領域を外れていくと聞く。

シューマッハはこの階層に降り立つ度、此処《ここ》が自分たちの生存圏外である事を思い知らされる。

生き残れない気はしないが――……それでも彼が主に探索するのは一階か、二階。

地下三階に挑むのは、そうめったにある事ではない。

「モンスター配備《アロケーション》センターは、この先だよ」

勝手知ったるとばかりに、レグナーが進む。フードから零れた銀の三つ編みが、ふわりと揺れた。

「怖いなら帰ってもいーケド？」

「行くさ」

吐き捨てるように言い返し、挑戦が決まった。

無論、何の準備もなしにシューマッハもこの依頼を受けたわけではない。

モンスター配備《アロケーション》センター。

そう呼ばれているのは地下三階の、かつては隠されていた大きな玄室だった。

迷宮の怪物どもは倒されても、ある程度の時間でまた現れる。財宝と共に。

それはどの玄室でも変わらない。少なくとも今のところは。

モンスター配備センター《アロケーションセンター》についても、同じだ。

ただ、違うのは――その数、頻度。

倒しても、倒しても、即座に新手が現れる。

此処から生きて帰りたければ、財宝を手に入れたければ、それを凌《しの》ぎきらねばならない。

そういう、ウワサだ。

実際に、確実にそこから生還したと言えるのは、オールスターズくらいのものだ。

昇降機に乗ってさらなる深淵《しんえん》に挑んだと、自称する者の数は多いけれど……。

他人の冒険の真贋《しんがん》など、そう滅多にわかるものではない。

だからシューマッハは仲間をそろえ、装備を整え、噂を集め、今此処にいる。

道筋も最初はレグナー任せだったが、ほどなくシューマッハにもわかりはじめた。

酒場で聞いた道順と、目の前の迷宮の光景とが、少しずつ重なり始めたのだ。

「順繰りに一階ずつ攻略してくなんてのは、間抜けのやる事だよ」

やがてシューマッハが肩を並べた事に気づいたレグナーが、ちらと此方を見上げて言った。

「ボクは一気に行く。その方が速いからね……」

そして、くすくすという忍び笑い。

いい加減慣れてきたつもりだったが、どうにも神経が苛立つ。ささくれ立つ。

シューマッハの気持ちは、結局、重厚な扉の前に辿《たど》り着いても収まる気配は無かった。

「ここ……」と赤青の少女が、囁いた。「……ですね」

今更、引き返すつもりはない。

その扉——シューマッハには鉄扉に感じられる——に手を這わせ、息を一つ。

「噂じゃあ、敵は人型の奴らで……呪文使いもいるって話だ」

「なら《睡眠《カティノ》》と《静寂《モンティノ》》、《呪壁《コルツ》》だね」

レグナーがにやにや嗤《わら》いを顔に貼り付けたまま、嘲るように付け加えた。

「呪文使いが死ななければいーけど」

「そ、それがしがお守り致します故……！」

「……ん」

シャドウウィンドの言葉はどうにも不安だが、ノームの少女は素直に頷く。

コレタスからの発言は————……特に何も、無い。

「……行くぞ」

沈黙を賛同と受け取り、シューマッハは勢いよく玄室と扉を蹴破った。

冒険者は雪崩を打ってその中へと飛び込む。

迅速に玄室に侵入して陣形を整えねば、敵に先手を取られてしまう。

シューマッハにとっては緊張の一瞬。

だがそれを突き破って飛び出していく白い影がひとつ。レグナー。

「圃人《ほびと》の一の太刀だよ、っと‼」

澄んだ鋼の音と共に火花が散り、闇の奥に浮かび上がる黒々とした影。
人型の生き物が、三つ、四つ……？　甲冑を着た——……。
「《睡眠《カティノ》》だ！」
自分が此処まで間髪入れずに叫べるとは、シューマッハは思っていなかった。
応じたノームの少女の詠唱は、まるでひそひそと囁くように静かなもの。
「《カファレフ《魂よ止まれ》　ターイ　ヌーンザンメ《汝の名は眠りなり》》……」
呪文によってもたらされた霧よりも、そのか細い詠唱の方が眠気を誘うよう。
ふわりと漂い始めた魔術の煙を突っ切るように、彼はまっすぐ敵めがけて走り出した。
剣を肩に担ぐようにして振りかぶる。剣術など習った事はない。だが——……。
「お、らあッ!!」
——ドラゴンや他の怪物に、そんな人を殺す程度の技が役に立つとは思えない。
シューマッハが迷宮の中で独自に磨き上げた、その剣。
渾身《こんしん》の力を込めて大上段から気合と共に叩きつけたその刃。
まさに、薪《まき》を割るが如《ごと》しだ。
その敵は、夢と現の区別もつかぬまま、その頭蓋骨を無惨に砕けさせた。
血と脳漿《のうしょう》を撒《ま》き散らし、声もなく、どうと音を立てて崩れ落ちる。
——こいつら、人間じゃあない……！
そのたった一合。相手を斬《き》り倒したその一瞬は、シューマッハの心胆を寒からしめた。

彼は刃を叩き込むその瞬間、見開かれた敵の、爛々《らんらん》と燃える赤い瞳と視線が交わったのだ。

――眠って、いない！

カティノは何の効果も齎《もたら》していない。ノームの少女の術が悪かったわけではない。

ひとえに、この敵が眠りへの耐性を有しているからこそ……！

逃げるか、支援の術をかけ直すか。いずれにせよ戦術を立て直す必要がある。

「…………」

だが、既に指示は出ていた。コレタスは金属鎧を鳴らし、無造作に前に出る。

そして両手指の間に握った幾本もの剣を、文字通り爪として目の前の敵へと打ち振るう。

その小柄な影は、担いでいた剣鉈《けんなた》めいた武器を振り回してその爪を弾《はじ》いた。

しかしコレタスの武器は一つではない。左の手にも、爪はある。

「GRROOGGBB!?!!?」

濁った悲鳴をあげ、喉笛を切り裂かれた怪物が仰向けに転げ、血泡に溺れて死んだ。

「…………ゴブリン」

コレタスの声であった。

死体を見下ろした全身甲冑から響く、くぐもった言葉。

改めてシューマッハも目を凝らせば、それは褐色の肌、薄汚れたざんばら髪を振り乱した、小鬼。

シューマッハは御伽噺《おとぎばなし》に聞く、悪戯《いたずら》好きな妖精という幻想を頭の中から振り払った。

これは日の光を忌み嫌って地底に潜む、おぞましい悪鬼の類だ。

「へえ、今回はこれかぁ」

けたけたと、レグナーが笑っていた。

彼女はひらりひらりとゴブリンの力任せの一撃を避《よ》けると、踊るように湾刀を一閃《いっせん》。

ぴゅうと甲高い笛の音を響かせて血飛沫《ちしぶき》を上げ、さくりとその息の根を止めていく。

「もしかしてゴブリンなんかにビビっちゃった、カナ？」

白い装束、髪、肌に赤黒い返り血。刀を担いで振り返り、とろりと蕩《とろ》けるように微笑《ほほえ》む。

シューマッハはその彼女の佇まいから目を引き剝《は》がし、その誘う視線を無視した。

「奴らには眠りの呪文が効かないらしい。他の術で頼む」

「はい……」とラーム、あるいはサームは言葉を句切った。「……承知しました」

その返答を遮るように、シャドウウィンドの震える声が跳ね上がる。

「ま、まだ奥からやってきますぞ！　たくさん……！」

「ボクだって数は数えられるってのに……」

先ほどの笑みは噓《うそ》のように消えて、また嘲るような声。

即座に駆け出すレグナーの後を目で追えば、その先には新手の怪物ども。

ゴブリン、ゴブリン、ゴブリン——大きい奴、小さい奴、普通の奴。

——区別が、つかん……！

どれもこれもゴブリンだ。噂は正しいのか？　呪文を使う奴などいるのか？

だが考えていても状況は変わらない。シューマッハも、急《せ》かされるように前に出る。

理不尽な事に、冒険者にとっては横に三人並ぶのが精一杯でも、怪物にはそうではないらしい。

迷宮の中で狂わされる認識は、時としてこういう場面で冒険者へ牙を剝いてくる。

寄って集《たか》ってくるゴブリンの群れ。耳障りな喚き声。躊躇《ちゅうちょ》無く揮われる武器。暴力。死。

「この……ッ！」

じりじりと集中力《ヒットポイント》を削られながら、シューマッハはそれに抗った。

盾を叩き付け、剣を振り回し、小鬼を血祭りに上げ、次に向かう。

他の味方は大丈夫だろうか。悲鳴は聞こえない。小鬼の声も前からだけ。

ただただひたすら戦う、戦う、戦う、と意識して、幾度も幾度も攻撃を繰り返す。

繰り返していると思考がぼやけてくる。ただただ、何も考えずに剣を振り続ける。

それは無心とは似て非なるものだ。故に、《大盾《マポーフィック》》が彼の命を救った。

「う、おッ⁉」

頭上より叩き付けられた棍棒《こんぼう》が、不可視の力場によって弾かれ、防がれる。

その反発力に押されるようにシューマッハはたたらを踏んで間合いを空け、それを見た。

「ホブゴブリン……！」

「そんなの見かけ倒しさ」レグナーの嘲笑。「ビビってちゃ負けだよ、負け！」

呼吸を整える。なるほど、確かに、ゴブリンより一回り二回り、大きい。

——が、それだけか……！

眠りは撥《は》ね除《の》けるだろうが、それ以外ではさして恐るべき相手ではない。

故に問題は、その奥。

シューマッハはホブゴブリンの棍棒と切り結ぶ最中、その背後に立つ小鬼に気がついた。

異様な小鬼であった。

全身を緑に塗りたくり、その上から赤で禍々しい文様を描き加え、手を蠢《うごめ》かせ――……。

「《呪壁《コルツ》》、《沈黙《モンティノ》》!!」

「――!」

シューマッハの指示と、ゴブリンシャーマンがおおんと唸り声を上げるのがほぼ同時。

「チューザンメ　レー――……」

「《ミームザンメ　ヌーン　ターイ　ヌーンザンメ《音は黒鉄の如く絶え言の葉は気の内に留まらん》》……」

一拍遅れてパーティの呪文使いの詠唱が始まるが、やはりそれは、一手遅い。

ゴブリンシャーマンの指先から投じられた橙色《だいだいいろ》の火球が、一挙に膨れ上がって虚空《こくう》を飛ぶ。

「……う、く、ぁあ……ッ!?」

「ひ、ぎゃあッ!?」

《大炎《マハリト》》の業火が全員を襲い、後列から苦痛に悶《もだ》える少女たちの悲鳴があがった。

全身を炎に包まれたノームの少女が悲鳴を上げながら床を転げ、シャドウウィンドが吹き飛ぶ。

壁に叩き付けられた彼女はびくんと大きく痙攣《けいれん》した後、倒れて動かなくなった。

――死んだか?

わからない。だが、わかる事はある。

目の前のシャーマンは口をぱくぱくと開閉させ、驚き、目を白黒させている。

コレタスの《沈黙《モンティノ》》は届いた。わかることは、もう一つ。

――ドラゴンに比べれば、マシだ。

シューマッハは全身を焼かれながらまっすぐ敵に突き進み、その剣を鋭く繰り出した。

§

「い、たぁ……あつ、い……ぃ……ッ」

ぐずぐずと啜《すす》り泣くシャドウウィンドは、その幼い容貌を醜く焼け爛《ただ》れさせていた。

呼吸も荒く、ぜひ、ぜひとかなり浅い。息が吸えていないようだ。肺まで焼けたのか。

やはり思った通り、この娘はかなり若い――まだ、子供と言っても良いのかもしれない。

――後衛に下げたのは、正解だったな。

死屍累々《しし　るいるい》と屍《しかばね》が散乱し血が飛び散り、死臭漂う玄室で、シューマッハは息を吐いた。

だが、生きているのであれば、まだ死んでもらっては困る。彼女にはまだ仕事がある。

目線で促すと、コレタスがシャドウの傍《そば》に身を屈《かが》め、禍々しい甲冑に包まれた掌を翳《かざ》す。

「《ダールイ《生命よ》　アリフラー《湧き上がれ》》……」

《施療《ディアル》》の祝禱を施され、やっとシャドウは「ほぅ」と安堵《あんど》したように声を漏らした。

そちらをコレタスに任せると、シューマッハは今度は、ラーム……サームの傍に歩み寄る。

シャドウウィンドよりマシとはいえ、全身を焼かれたのは彼女も同じ。

二人の容態の差は、単に、迷宮に潜った事があるかないかという、それだけの事だ。

それを力量《レベル》の差――と言うのかもしれなかったが。

シューマッハが近づくと、赤と青の角が、はたと気づいて此方を見上げる。

「すみません……」と、ノームの娘は枯れて掠《かす》れた声で言った。「……お役に立てず」

「そう思うなら、次は役に立ってくれ」

彼は荷物の中から《施療《ディアル》》の水薬を取り出して、彼女に放った。

小さな掌が、戸惑い、慌てながら、どうにかその大きな小瓶を受け止めた。

ぼんやりと此方を見る、赤と青の瞳。

「……はい」

ぼんやりと頷いた彼女はそっと小瓶の栓を抜き、中の薬水をこくこくと喉を鳴らして飲み始めた。

――まずは、これでよし。

前衛とて無傷ではないが、死人が出れば余計に金がかかる。

それを思えば、まずは十分――……。

「なぁに、怖くなっちゃったかな？　ボク、そういう時は良い呪文知ってるよ」

そんなシューマッハの神経を、このレーアの娘は逆撫《さかな》でするようにけたけたと笑った。

「マピロ・マハマ・ディマロト……ってさ」

意味のわからぬ単語の羅列。だが、言わんとする事はわかる。

さっさと尻まくって逃げ出せとか、そんなところだろう。

にやにやと嗤いながら此方を見上げるレグナーを見やり、シューマッハは応じた。

「そうだな、さっさとエレベーターで引き上げよう」

「……」

「最初からそう言ってたろう？」

一瞬虚を突かれたらしいレグナーは、しかし「そうだね」と、嬉《うれ》しそうに頷いた。

「そのためにも、さっさと盗賊には起き上がって仕事してもらわないと」

ぺたんと音を立てて彼女がその素足を乗せたのは、血に塗《まみ》れた宝箱《チェスト》だ。

そう――今回の冒険は、別にモンスター配備《アロケーション》センターの突破そのものが目的ではない。

目当ての品は、この宝箱の中。あるいは他にある、指輪だ。

「う、ぅ……う……っ」

「ほらほら、さっさと開けておくれよ。トチったらもう一回挑戦しなきゃなんだし」

ずるずると、どうにか動くようになった体を引きずる盗賊を、レグナーは指差して挑発する。

涙で滲《にじ》んだ瞳がシューマッハの方を向いた。彼はただ、顎をしゃくって宝箱を示す。

「そのために連れてきたんだ。頼む」

「しょ、承知……」

ぼそぼそと泣きべそをかきながらも、どうにか彼女は自分の仕事に向き合ってくれたらしい。

こうなってしまえば、後は他の冒険者が口出しできる部分は無い。

盗賊と罠《わな》との戦いには、怪物との戦闘における集中力とは別のものが要求される。

極論、死んでさえいないのならば、どんな有様でも盗賊なら宝箱を開封できるのだ。

——開封してもらわなきゃ、困る。

もしできなければ、宝箱の中身は手に入らない。

上に戻って、宿やら何やらで休息を取り、態勢を整えてもう一度挑戦はごめんだ。

ここに斃《たお》れているのは、何もゴブリンの屍ばかりではない。

きっと探せばいくらでも……モンスター配備《アロケーション》センターに挑んで死んだ、冒険者の死体がある。

今回はたまたまゴブリンの群れ程度で済み、勝利し、どうにか死人も出なかった。

だが次はドラゴンかもしれない。同じゴブリンの群れでも、死人が出る可能性はある。

シューマッハはちらりと、まだ両手で水薬を持って舐めるように飲む、ノームの少女を見た。

もしその死人がこのノームの魔術師、ラームかサームだったら——大損だ。

蘇生させて装備を調えるだけの投資をしているのだ。彼女にまた死なれては困る。

これが他の……それこそシャドウウィンドなら、まだマシか?

新米の盗賊。ろくに経験もなければ、装備もない。

訓練所なり酒場なりで探せば、代わりはいくらでもいるだろう。

カント寺院に亡骸を放り込んでおきさえすれば、蘇生せずとも、誰も文句は言うまい。

スケイルの死人は起き上がって良く喋《しゃべ》るものだが、放置されるのは承知の上なのだから。

——……いや。

シューマッハはそこまで考えて、やはり首を横に振った。

シャドウウィンドが死ぬという事は、また宝箱を放置するという事になる。

そうなれば三度手間だ。それこそ御免被《こうむ》る。

まだ、コレタスやレグナーが死んだ方がマシだ――蘇生費用は、高くつくだろうが。

「あ、あいた……と、思い、まする……」

やがてぼしょぼしょと、やっと泣き止《や》んだ娘が鼻を啜るような声が上がった。

「本当か?」

「た、たぶん……」

「じゃあ、開けなよ」

レグナーが、意地悪く言った。シャドウウィンドの顔が、さらに情けなく歪んだ。

シューマッハは溜息《ためいき》を吐《つ》いて、前に出た。冒険にあたって自分で誂《あつら》えた靴で、蓋を蹴りつける。

「わお」

わざとらしいレグナーの感嘆と、下手な口笛。シャドウの黒い瞳が、大きく見開かれる。

二人を無視して宝箱の中を覗《のぞ》き込むと――幾許《いくばく》かの金貨。外地における財宝の山。

それに埋もれるようにして赤い杖と、青い飾り帯、そして……ひとつの指輪が輝いている。

「どうやら、無駄骨って事はないらしい……」

シューマッハは息を吐く。冒険の中、何につけ溜息が出るのが癖になってしまった。

緊張と弛緩《しかん》。その連続が、いつだって彼の精神を苛《さいな》んでいる。

「お、やっぱりブルーリボンじゃん。ボクは見飽きてるけど……キミは初めてでしょ？」

さっと小さな手指が伸びて、財宝の山から青い飾り帯を掻っ攫った。

「おめでとう、我が忠実で有能な新兵よ。誇りを持って、つけると良い」

レグナーが人を食ったような口調で言うと、背伸びをして彼の胸元にリボンをつける。

思わずシューマッハは胡乱《うろん》げな目を向けたが、今はまあ、良い。

「杖は……まあ、魔術師に持って貰うか」

どの道、キャットロブあたりに鑑定してもらわないと使えないが。

彼は宝箱から取り出した正体不明の杖を、いつのまにか後ろに来ていた娘に渡した。

小柄なノームは無造作に渡された杖の大きさと重さに、滑稽なほど大きく体を傾ける。

無表情な顔――その左右両方に驚きの色が見えた事が、シューマッハには愉快だった。

「で、後は指輪……と」

これが目当ての品だ。こいつを持ち帰らないと、此処まで来た意味が無い。

指先で摘まんで取り上げてみると、小さな金無垢《きんむく》のわりに、やけに重い。

ずしりと指に、そして掌に沈み込むような重量……それに唾を飲む。

――けど、見た目に変なとこは無いしな。

しげしげと指輪を眺めて見ても、素人には何もわからない。

結局はこれもキャットロブ送り……いや、わざわざこっちが鑑定料を持つ意味も無い。

そのまま依頼人に渡せば良い。シューマッハがポケットにしまおうとすると――……。

「…………」

その手首を不意に、コレタスの籠手《こて》がぐっと握りしめて食い止めた。

「な、なんだ……？」

「…………」

戸惑うシューマッハの声にも、返事は無い。

コレタスは金属兜の庇から透かすように、じいっと指輪を睨みつけ、そして言った。

「……死の指輪だ。所有者の、命を吸い取る」

シューマッハは、目を見開いた。

指輪の正体ではない。コレタスが一目でその正体を言い当てたこと。つまりは――……。

「……君主じゃなくて、司教《ビショップ》か⁉」

「…………」

やはり、返答は無い。言うべきことは言った、といった風だった。

籠手と共に、がしゃりと音を立ててコレタスの体が離れる。

鑑定の権能を持っているということは、やはりコレタスは司教に違いない。

だが、司教がこのような鎧や武具を着れるのか？

――いや、今は……それよりも。

シューマッハは、仲間の詮索を投げ捨てて、指輪を見やった。

――命を吸い取るだって？

つまり持って歩けば、地上に行くまでにさらに消耗する……という事だ。

この疲弊しきった状態で、ただでさえ徘徊する怪物《ワンダリングモンスター》と遭遇する危険もあるのに。

「誰が持つか、いやあ、悩ましいよね」

くすくすと、まるで全てを見透かした上で、他人事のようにレグナーが笑った。

「ボクはパス。他の奴に頼んでよ……ああ、コレタスはもうこれ以上持てないか？」

「……」

レグナーの意味不明の言動を無視し、シューマッハは黙って、残り二人の方を見た。

怯えた顔のシャドウウィンド。ぼんやりと此方を見上げるラーム、サーム。

そして、自分。

誰が持つのか——……誰が死ぬのか。誰を死なせるのか。誰を殺すのか。

それを決めるのが自分の役目。シューマッハは、ひどい吐き気を覚えた。

足下から死体の山に埋まって、そのまま沈んでいきそうな気さえする。

——死体。

「死体にも、役目がある……」

睨み合う冒険者たちの間に、シューマッハの呟きがぼそりと落ちて、そして消えた。

§

「で、結局どうしたわけ?」
「冒険者の死体を探して、そいつに指輪をはめて引きずって帰ってきた」
五人で潜ったのが、功を奏した結果である。お陰で、誰も殺さずに済んだわけだ。
シューマッハはキャットロブ商店の薄暗い中で、深々と溜息を吐いた。
目の前に座るレーアの娘は「ふぅん」と気の無い声を漏らす。
店主の姿は、ない。
店の奥であの陰気なエルフが何をしているのか、シューマッハには想像もつかない。
だが、死体にも役目があるなどという妄言を聞いていなければ、はたして……。
——どこまで。
あの男は、予想していたのだろうか。
件《くだん》の死の指輪の事をどこで、あるいはどこまで知っていたのか。
無論、そう勘繰る必要も無いのかもしれない。
たまたま気まぐれで、そんな事を呟いただけなのかもしれない。
指輪を手に入れた者が他にもいて、客として鑑定や売却を試みたのかもしれない。
かもしれない。かもしれない。かもしれない。
——それだけじゃあない。
そんな気がしてならず、シューマッハは何か、酷く薄ら寒いものを覚えていた。
迷宮の実体、真実、謎。得体の知れぬものの中に、自分たちは突き進んでいる。

だが——それも今更の事だ。

《スケイル》は迷宮から溢《あふ》れ出た財貨、冒険者の犠牲の上に栄えている街だ。

この街で生まれ育ったシューマッハは、それを痛いほどわかっている。

屍肉を喰《く》らい肥え太る蟲《むし》が、自分の喰っているものが死体だと気づいて、恐怖する？

なんとも、馬鹿馬鹿しい話ではあるまいか。

「ま、鑑定も売却もキャットロブでしないんじゃ、あたしには関係の無い話だけど」

「コレタスが司教だったのには驚いたけどな……」

「そんなビショップもいるのね」

「機会があれば、紹介するよ」

死の指輪を、依頼人の男は大層喜んで買い取ってくれた。

お陰で懐はだいぶ暖かいが、何だってあんなものを欲しがるのか……。

——暗殺とかに使えるのかな？

シューマッハにはそれくらいしか、あの厄介な指輪の使い道は思い浮かばない。

だが他人の生死を気にするよりも前に、シューマッハは自分の生死を気にする必要がある。

装備を整える。道具を購入する。蘇生費用を貯蓄する。冒険には何かと費《つい》えがかかるものだ。

——このあたりも、商いと一緒だな。

父は自分が冒険者になって以来、ろくに口も利いてはくれないし、自分も利く気はない。

だがその父から教わった事が自分の助けになっている事は、些か不快な事実であった。

父は言ったものだ。わからないものは、わからないままにしておけ、と。

迷宮の謎もそうだし、生死の秘密もそうだ。

自分ならわかる、解き明かせると思って関わると——大概は、痛い目を見る。

それをシューマッハは、ここ最近幾度となく思い知らされたものだが……。

「それで、上手くいったの？」

「うん？」

「蘇生」

オルレアからの言葉に、シューマッハは「ああ」と頷いて、思考の海から顔を上げた。

「……まあ、たぶん」

「たぶん？」オルレアが一つしかない瞳を訝しげに細めた。「……たぶん？」

「見た方が早い」

やがて、からんとベルを鳴らして扉が開いた。

その隙間から滑り込むように、店内に入る小さな影が二つ。赤と青。青と、赤。

「ラームサームです」

「サームラームです」

同じ顔を中央で半々に分けた二人の双子が、輪唱でもするように声を重ねて名乗った。

一拍おいて、顔を見合わせる。

「あら、ラームサームでしょう？」

「サームラームではダメかしら」

「言いにくいもの」

「そうかしら？」

「そうよ」

「それもそうね」

「ではラームサームで」

「そうしましょう」

ひそひそと囁き合い、くすくすと笑い合う。

明らかに声は違うのに、互いの声が重なって、どちらが喋っているのかもわからない。

可愛らしい――あるいは、不気味。同じ人物が二人いるような、そうでないような。

過日、一人きりだった時の何か欠けた、ぼんやりした印象が嘘のようではあった。

この二人は最初からこうだったのか、それとも蘇った時からこうなのか。

それを確かめようという気は、もはやシューマッハには失せていた。

何とも言えぬ顔をしたシューマッハを通り越し、オルレアは胡乱な目を双子に向けた。

「…………つまり、どっちがどっち？」

二人は、顔を見合わせて、完璧なタイミングで声を重ねて答えた。

「さあ？」

第三章
インテリジェンスソード

「よっし、準備は良いよな?」

「う、うん……」

「いちいち確認しなくても良いっての」

「arf!」

赤毛の娘が猛々《たけだけ》しく吠《ほ》えるのを、それは少女の背中に吊《つ》るされたまま聞いた。

野良犬の如《ごと》きこの小娘は、もちろん意味を解して応じているわけではあるまい。

さっさと行けと――迷宮の地下一階で、そう訴えているだけだ。

それでも彼女が勝手に突っ走らないのは、何も、他の誰かに従っているからではない。

自分がついていないとダメな奴らだと、確信しているからだ。

一応という名目でパーティの頭を務めている少年は、それを痛いほど理解しているらしい。

盗賊の少年は盛大に顔をしかめながら、その主張を無視して、仲間たちを見た。

「前衛はこの残飯と、俺と、後は……」と彼は言葉を句切った。「……お前な、ベルカナン」

「う、うん……っ」

先ほどの返答よりも、その大柄な娘の声は一オクターブあがって上擦《うわず》っていた。

砂塵《さじん》の国から来た魔術師だというのは、その装束から一目瞭然。ただし装備を除けば。

彼女は杖《つえ》めいて竜殺しの剣を握りしめながら、おどおどと、レーアの娘の方を見る。

恐らく、仲間が増えれば自分は後衛に下がれる……と思っていたのだろう。

だが、そうはならなかった。新しく加わったのが、レーアの司教であったから。

ふてくされて不満げな様子を隠しもしない彼女の影に隠れる気は、ベルカナンにはない。

「ぼ、僕……頑張る、よ」

「頑張るのは良いけど」と、その足下からの声。「あたし一人で後ろ全部見張れって？」

「後ろから襲われたって、あたらねえだろ。小さいんだし」

「背中に呪文ぶち当ててやろうかしら……」

刺々《とげとげ》しいやり取りだし、表情も忌々《いまいま》しげだ。

呪詛《じゅそ》の影響で一つきりの瞳を細め、睨《にら》みつけるように司教は盗賊を見やる。

が、微《かす》かな舌打ち以外に反論しないあたり、彼女はその指示に素直に従うらしい。

「今日はイアルマスの奴がいねえからな……」

あの黒衣の魔術師は、正体不明の存在《アンシーン・ビーイング》との戦い以後、何か忙しくしていた。

盗賊が忌々しげにそう吐き捨てるのは、戦力が大幅に減退したが故だろうか。

それとも探索を放任された事への不平不満、あるいは不安か。

だが、それにとっては別にさして騒ぐほどの事でもないと感じられた。

ただ一組の冒険者パーティのみで最下層まで踏破できるなど、自信過剰にも程がある。

そして迷宮が安心安全な場所であった事も、無い。

やがてひとしきり唸《うな》って決心がついたか、盗賊は唇を尖《とが》らせて言った。

「……とりあえず、いつも通り。死体探しながら、奥行って、帰る。良いな？」

「え、と。……何階まで？」

「行ければ地下三階。けど、ぜってえモンスター配備《アロケーション》センターにはよらねえ」

「是非そうしてちょうだい……」

「僕、地下四階行ったきり、帰ってこない人……聞いたこと、あるよ」

「別に全滅なんて珍しくもねえだろ」

「自信過剰な馬鹿が行ったきり帰ってこないとかだから、噂《うわさ》になったのよね」

仲間たちの相談も、方針の確認。その間黙っていたガーベイジだが――……。

「ｗｏｏｆ！」

とうとう一声吠えて、飛び出した。「おい、こら！」という声がその背を追いかける。

なし崩し的に始まった冒険だが……。

思えば、それはいつだって熟達の冒険者たちの傍《かたわ》らにあったものだ。

未熟な若者たちと共に歩む機会など、その長い歳月の間でも、そうある事ではない。

それに人の感情めいたものは無いが、もしもあれば、辟易《へきえき》していた事であろう。

意気揚々と駆け出す赤毛の娘の背、そこに吊るされた宝剣。

それはその銘を、ハースニールといった。

知性ある剣である。

§

「Ｇｒｏａａｒｒｒ‼」

ガーベイジが思い切り勢いをつけて人喰い鬼《オーガ》目掛けて飛び掛かり、斬《き》り付ける。

その乱雑な太刀筋をそれは修正すべく身を震わせたが、ぐいと強引にねじ伏せられた。

――言うことを聞け。

結果、空中で異様な動きを見せたガーベイジは、さらに勢いを乗せてオーガに刃を見舞った。

「Ｕｇｇｇｇｈｈｈｈａａａａ‼⁉⁉」

悲鳴、絶叫、血飛沫《ちしぶき》。首を刎《は》ねる必殺の一撃は、巨体の怪物ですら抗《あらが》えるものではない。

どうと崩れ落ちるその亡骸《なきがら》の横に、娘はすたんと軽やかに着地。音を立てて、頭が弾んで転げる。

「Ｃｒｏｒｆ！」

よしとばかりに牙を剝《む》いて吠えた彼女は、すぐさま次の獲物目掛けて襲いかかった。

外地においては御伽噺《おとぎばなし》の中に語られ、極希《ごくまれ》に人里のものを喰《く》らうのがこの怪物だ。

それを退治するとなれば、それこそ子供の寝物語に勇士の類として語られる武勇伝。

しかしそのような悪鬼も、迷宮においては、少々上等な小鬼といった程度のものだ。

力自慢で、群れるばかりが能であり、窮地に陥ればたちまち蜘蛛《くも》の子を散らすように逃げていく。

もっともそれも――冒険者がオーガに匹敵する力量を備えていればこそ、だが。

迂闊《うかつ》にこの階層に踏み入ってオーガに相対した初心者は、きっと頭から囓《かじ》られるだろう。

「あんま突っ走ンなよ……！」

「ｙａｐ！」

どうやら盗賊の小僧にはそのあたりは想像できているらしく、とかく慎重であった。

もっともそれは当代の主である少女の身を案じたものではあるまい。

仮にそうであったとしても、赤毛の彼女は気のない返事をするばかりなのだが。

「こんな奴ら、《大炎《マハリト》》でも唱えたら一発なのに……！」

「ぼ、僕、まだ覚えて……ない、よぅっ！」

後列からの刺々しい苛立《いらだ》った声に、黒髪の魔術師が泣き喚《わめ》くように言い返す。

《大炎《マハリト》》といえば第三階梯《かいてい》のちょっとした呪文である。

それすら使えないのであれば、壁として役立ってもらうより他あるまい。

どうしてか前衛に立っている彼女は、竜殺しの剣をぶんぶかと大ぶりに振り回していた。

無論のこと相手はオーガだ。ドラゴンではない。よって、それはただの魔剣に過ぎない。

素人同然の太刀筋ですらオーガと切り結べるのは、なかなかの剣だ、と言えた。

だが、そこまでだ。

のっぽの娘が果たせるのは壁役であって、それ以上ではない。黒髪の小僧も同様。

後列に控えた司教は、術の無駄遣いはできぬと歯噛《はが》みする。

いや、状況判断と自分に言い聞かせながら、身の強張《こわば》りを誤魔化しているのだ。

故に戦いの行く末を決定づけるのは、その剣であった。

一切の抵抗無く敵を断ち切る――刀身に纏《まと》った真空の刃が、容赦なくオーガを屠《ほふ》る。

血風吹き荒《すさ》ぶとは、まさにこれだ。

「Ｗｏｕａｈ！　Ｗｏｕａｈ‼」

赤毛の小娘が野良犬めいて剣を振り回すのを、それは逐一軌道を修正してやる。

が、彼女はきゃんきゃんとやかましく吠え、その細腕と体重移動でもってねじ伏せてくる。

これではただの薪雑把《まきざっぽう》も同然の扱いだ。そして、彼女もそれをそのように扱っている。

別段、このような下等な怪物を相手に刃を振り翳《かざ》す事を、それは恥とも思わない。

剣は剣だ。相手を斬り殺すことに、貴賤《きせん》はない。斬るものを選ぶ事こそ恥だろう。

だが——肉切り包丁とは！

抗議するように鍔《つば》を震わせ刃を唸らせるが、赤毛の娘は気にも留めない。

その細い指にどれほどの力があるのか、しっかと握って、離さない。

野良犬が咥《くわ》えて振り回す棒きれのように怪物に叩《たた》き付けられ、振り回され。

宝剣ハースニールのこの有様を見たら、アラビク王子もさぞやお嘆きになるだろう。

歴代の金剛石の騎士たちが見たら、何と思うだろうか。

そう——そもそもその意味において、それはこの小娘を主とは認めていない。

かの騎士たちは皆、それを下してその手に摑《つか》み取ったではないが。

それが、なんだ、これは。

小娘はむんずと摑んだ柄《つか》を、お気に入りの枝か何かのように振り回し、はしゃいでいる。

「ｗｏｏｆ！」

戦いが終われば肩に担いで鼻息も荒く、意気揚々と玄室の片隅へ。

目当てはそこに鎮座している宝箱だ。

自分の成果に満足がいったのか、赤毛の娘は甲高く吠えて、その宝箱に一蹴り。

「蹴るなよ、罠《わな》があるかもしれねえだろうが……！」

「ｙｅｌｐ！」

喚き散らしながら此方《こちら》に駆けてくる盗賊の小僧へ、遅いとばかりにもう一吠え。

盗賊の背後では、のっぽの娘が諦めたように笑い、レーアの娘が肩を竦《すく》める。

その全てを、それは見ていた。

不本意だ——……と思う感情も、それにはなかったけれど。

§

がちゃがちゃと、小さな金属が擦《す》れる音。

盗賊の小僧が一行に背を向けて、宝箱の開封を試みている。

いや——一行全員というわけではない。

「ｙａｐ！」

「やめろつってんだろ！」

早くしろと言いたげに、赤毛の娘が手にしたそれでもって宝箱を殴りつけ、小僧を蹴ったのだ。

それとしても、まったく同意見だった。

怪物の血肉を斬り裂くのと、硬い鉄と木の箱を殴るのとでは、わけが違う。

並の剣であれば刃こぼれくらいもするだろう。それはその程度ではびくともしないが。

この後もこの娘の手にあれば、このような用途に使い続けられるのだろうか？

別にそれは人の意識、感情といったものは無いが、それでも品位品格という概念は理解している。

金剛石の騎士の手にあるべき宝剣の扱いとしては、あるまじきものであった。

他の武具がいずこに眠っているのかをそれは知らないが、同胞たちの意見を聞いてみたいものだ。

「ったく、前のだんびらが折れた時はしょげかえってたってのに……もうこれだ」

「ｗｈｉｎｅ……」

それは前任が如何様《いかよう》に振るわれたのかを思考し、若干の憐憫《れんびん》を覚えた。

と同時に前任のせいでこのように濫用されるのではないかと至り、その責任を問いたくなった。

「あの残飯が？　落ち込んでたの？　ほんと？」

「う、うん。……たぶん？　僕が、見た感じ……だけど」

そして赤毛の小娘に比べて、他の三人ときたら！

小僧は集中して開封作業に取り掛かっているし、のっぽの娘はその間に聖水で陣を敷いている。

レーアの司教が意識を集中して瞑想《めいそう》の準備を整えているのは、この後の鑑定に備えての事だろう。

もっともその精神集中は、不意に飛び込んできた話題にあっという間に押し流されたようだが。

「折れちゃったぁー……て、感じ？　カシナートとか、色々、試して……これじゃない、って」

「あー……そういえば、あたしの店にも来てたわね、剣ぶらさげて」

それはその話題に、さもありなんと同意を示した。

かの名匠カシナートの一門が鍛えたものはどれも名剣名槍として知られるが、やはり格が違う。

それらはいにしえの名剣ではあっても、ただの一振りとして伝説に語られるものではない。

金剛石の騎士が佩剣《はいけん》たるハースニールに比べれば、不満を抱くのも無理からぬ事であった。

「ａｒｆ！」

しかし自分の不名誉な話題だと感づいたのか、小娘はその話題に噛《か》みつくように駆け寄った。

「ｙａｐ！　ｙｅｌｐ！」

「え、あ、えーっと……。べ、別にバカにしてないよ？　僕……ほんとに……」

「Ｍｅｈ……」

「……良く意思疎通できるわね」

まあ何となくはわかるけど。司教はそう呟《つぶや》きながら、胡乱《うろん》げな目を宝箱の方に向けた。

「ララジャ、さっさと開けてよ。いつまでも残飯が騒いでたら、鑑定しくじっても知らないわよ」

「俺のせいじゃねえだろ……！」

「中身がなまくらな剣だったりしたら、全部ララジャが悪いんだから」

「それも俺のせいじゃねえよ……！」

怒鳴り返す盗賊が、ちょいと肩越しに此方《こちら》を振り返ったのを、赤毛の小娘は認めたらしい。

彼女は奴が自分の指示通りに手を動かしていないと見て、睨みつけながら低く唸る。

「ｙａｐ！」

「わぁってるよ、うるせえな……！」

まったくもって、同感であった。

§

「で、結局手に入ったのはただの剣か……」

「この浅い階で名剣魔剣が手に入るわけないじゃない」

「まあ、うん……そうだね？」

「ａｌｆ」

四者四様の反応であった。

小僧の開けた宝箱から出てきたのは、一振りの剣と金貨の山。

すらりと鞘《さや》から抜き放てば迷宮の闇の中でも冴《さ》え冴《ざ》えと輝く、なかなかの名剣。

魔物と打ち合ったところで刃毀《はこぼ》れひとつおこさず、勇士の手に相応《ふさわ》しき得物であろう。

だが、そこまでだ。

その程度の業物の類ならば、それこそ迷宮には掃いて捨てるほど眠っている。

外の世界で名剣と謳《うた》われる剣は、迷宮では所詮ただの剣なのだ。

むしろ小僧がありがたがっているのは、剣と共に宝箱の中に眠っていた、金銀財宝の方。

人の世で生きていく、ましてや《スケイル》では、金はいくらあっても足りやしない。

むしろ命や生を金を代価に贖《あがな》える以上、《スケイル》の物価は実に安いとさえ言える。

さもありなんさもありなんと、かの剣に人の意識があれば領《うなず》いていた事であろう。

金銭とは卑俗なものでありながら、この世で最も優れた物差しでもある。

財を積めば手に入るものの価値がわかるからこそ、金で贖え無い品の価値がわかるというものだ。

ハースニールに比べれば、並び立つはあの忌々しい妖刀くらいのもので、生半《なまなか》な武器では……。

「ｃｒｏｒｆ！」

だがそんな思索も、無遠慮な小娘の一吠えで妨げられる。

聖水で敷かれた円陣の中、ハースニールの役目はといえば、火《ひ》掻《か》き棒《ぼう》であった。

火掻き棒である。

なんということだ！

それに意識と肉体があったならば、怒りと屈辱に身を震わせたに違いない。

現に今も赤毛の小娘の小さな掌の中、その柄はかたかたと音を立てて震えているではないか。

だが小娘は「ａｌｆ！」と一声吠えて、ぐいとハースニールの細やかな抗議をねじ伏せた。

「ｗｈａｈ……」

そもそも火掻きという行為の意味すらこの娘はわかっていないに違いない。

がしゃがしゃと薪を突いて崩して火花が散るのを、楽しんでいるだけといった節もある。

レーアの娘が呆《あき》れたような声を上げたのは、だが、小娘の蛮行に対してではなかった。

「迷宮で焚《た》き火《び》って……」

「試しにだよ、試しに」

「まあ、火を起こすのは……僕……やるから」

「あんたって何頼まれてもやりそうよね」

「そ、そんな事はないよ……？」

たぶん、と。どこか上擦った声でのっぽの娘がぼそぼそと呟いた。

盗賊の小僧の提案で、迷宮の中での小休憩、キャンプは文字通りの状況となっていた。

聖水の魔法陣の中央では小僧が地上から持ち込んだ薪が組まれ、焚き火が音を立てて燃えている。

迷宮の中では時間感覚も曖昧なものとなり、飢えや渇きとは無縁となる。

それでも冒険者が僅《わず》かに食料を持ち込むのは、集中力――戦いのそれではなく――を保つため。

わざわざこのような料理をするのは、それこそ長時間の滞在を覚悟しなければ、そうはない。

「汚らしい犬だのカピバラなんかを食う気はねえけど、これならイケるだろ」

「うさぎ、ねえ……」

レーアの娘がしげしげと見やるのは、小僧が捌《さば》きにかかっている小さな白いうさぎだった。

オーガと戦う前――どれほど前かは、もはやわからぬ――に仕留めて、背嚢《はいのう》に括《くく》っていたらしい。

やたら前歯が鋭く尖っているのが気になるのか、レーアの娘はしげしげ顔を近づけ観察している。

「イアルマスさん、は……」のっぽが口を開いた。「やめた方が良いって、言ってなかった……？」

「あいつの『うさぎが怖い』ってのも、意味がわかんねえんだよな……」

何も知らぬ小僧の言葉だが、間違ってもいない。動かぬ死体は恐るべきものではない。

「まあ四人でしょ……前足二本と後ろ足二本で分ける気？　前足担当は不公平よ」

「そこは背肉で補填するよ」

「僕、うさぎってあんまり食べたことないや……」

「ａｌｆ」

ましてや冒険者となれば尚のこと。

年頃の娘ら三人は、見た目だけは愛らしいうさぎが解体されるのを平然と眺めている。

小僧は注目が集まるのに居心地悪そうにしながらも、手早く、兎《うさぎ》肉を火にかけて炙《あぶ》りだした。

たちまち、じうじうと皮が焼け、脂がとろりと蕩《とろ》け、芳しい香りが匂い立つ。

「ｃｒｏｒｆ……！」

たちまち赤毛の小娘が目を輝かせて一吠え。がしゃがしゃと焚き火を切っ先でつついた。

早くしろとか、そんな所か。炎の中に突っ込まれたハースニールにも、その程度は理解できる。

溶けた脂が滴り落ちては刃を伝い、すぐに火に焼けて蒸発し、消えていく。

その様を頬杖《ほおづえ》を突いて眺めていたレーアの娘が、ぼそりと哀れむような声で呟いた。

「今だかつて、ハースニールをこんな使い方した奴いないでしょ。怒られるわよ」

「あ、あはは……は……」

それを受けて、のっぽの娘が曖昧に笑った。

その視線の先では、兎肉に手を伸ばす小娘の手を小僧がひっぱたいて、ぎゃあぎゃあと一悶着《ひともんちゃく》。

ハースニールはその失礼にもほどがある一切合切を無視し、かたかたと柄を震わせた。

兎肉の味だの出来栄えだの、剣には何の意味があるだろう。

斬るべき敵に貴賤は無いとは先も述べた通りだが、その上で、というものがある。

竜殺しが竜に対してのみその絶大な威力を発揮するが如しだ。

悪魔殺したるハースニールなればこそ、魔界の住人との戦いこそ望むべくところ。

例えば——先の正体不明《アンシーン・ビーイング》の存在ほどとは言わぬが……そう。

例えば、そう、レッサーデーモンあたりなら、調度良い。

§

それが再び自己主張をしたのは、野営からどれほど時間が経《た》ったか、ずいぶんと後であった。

「……あれ?」

最初に気がついたのはのっぽの娘で、彼女は哀れなほどに身を縮こまらせて言った。

「ガーベイジ、ちゃん。……その、剣……」

「ｙａｐ?」

「……光って、ない?」

のっぽの魔術師の言葉に、ぴたりと一行の動きが止まった。

背丈のまるで違う四人——いや、赤毛の娘は我関せずだ、三人が顔を見合わせた。

「ごめん、あんま見えなくて。……ホント?」

「うん、うっすらだけど……」

「なんだって？」

「ｙａｐ⁉　ｙｅｌｐ⁉」

思わず呻《うめ》いて顔をしかめた小僧が、小娘の抗議も無視してその首根っこを掴んだ。

のっぽの小娘がおどおどと指摘したのは、まさしく事実であった。

赤毛の娘の背に負われた剣が、その刃が、青白い輝きを帯びているではないか。

——それは何故己の刃が光るのか、その仕組みを知らぬ。

かくあれかしと、そう定められて鍛えられたからであろう。

だが、その光が意味する事は明確だ。

青白い輝きは、まさしく敵、斬るに相応しいものの接近を知らせる兆候に他ならぬ——……！

「何か来るぞ、備えろ……！」

盗賊の小僧が緊張して上擦った声で鋭く叫ぶ。

直感的に理解したのだろう。その反応速度は、それをして賞賛に値するものだ。

「ｓｐｉｉｔｔｔ………！」

喉の奥で低く唸り声を漏らした小娘が、背に負うたそれの柄を掴んで引き抜き、構える。

迷宮の瘴気《しょうき》に満ちた薄闇の彼方、迫り来る影が刃の光芒《こうぼう》に照らされて浮かび上がった。

赤い巨体。赤い、アレは——……。

「悪魔！」

レーアの娘が恐怖とも警告ともつかぬ声を上げ、四腕山羊頭の悪魔が咆吼《ほうこう》を轟《とどろ》かせた。

その異様な響きは彼奴《きゃつ》らの言語であっても、この物質界ではおぞましい呪詛でしかない。

徘徊する怪物《ワンダリングモンスター》。

この迷宮に怪物を配置した者が如何なる思惑があるにせよ、守護者であれば当然のこと。

玄室を守るだけでなく、通路を歩き回る警邏《けいら》とて当然いるものだ。

「下級の悪魔《レッサーデーモン》だ……！」

目前に現れた敵を相手に、のっぽの娘が竜殺しを抜きながらおめいた。

それに人並みの意識があれば、ほう、と感嘆の声を漏らしたであろう。

一目で敵の正体を看破できるのは、よほど知識豊富か、実際に相対したかのどちらか。

そして相対した上で剣を抜けるのは、かつて悪魔に打ち勝ったからに他ならない。

存外この娘らは実戦経験があるのやもしれぬ。

だがしかし、一つの敵だけに注力して良いものでもない。

「奥からもまだ来るわよ！」

レーアの娘は必死に虚勢を張っているが、しかし明らかにその声が震えていた。

恐怖だ。だが、無理からぬ事。悪魔を前に怯《おび》えぬのは、よほどの勇者か愚者だけだ。

魔神の奥、その供のように付き従う赤黒い影――虚無《きょむ》に仕える異邦の僧侶ども。

正体さだかならぬその姿は、さて、五つか、六つか……。

「……マジかよ」

迷宮に挑む冒険者の常なれど、多勢に無勢。短剣を抜いた小僧の顔に汗が伝う。

逃げるか、戦うか。どちらの方に生還の目があるか。逡巡《しゅんじゅん》する一瞬。

が——……。

「ｗｏｏｆ‼」

赤毛の小娘は一声吠えて、躊躇《ちゅうちょ》無く怪物の群れへと飛び掛かっていった。

恐れを知らぬとはこの事だ。白く細く小さい手指が、それの柄をしっかと握りしめる。

それは器物としての思考、意識として、担い手の要求に応じた。

「Ｇｒｏａａｒ……‼」

一閃《いっせん》。

轟《ごう》と唸りをあげて剣風が迸《ほとばし》り、それは真空の刃となりて迷宮の通路に吹き荒れる。

第六階梯——《鋭刃《ロルト》》に匹敵する、死の旋風。

「Ａａａａｒｇｈ⁉」

「Ｏｏｏｏｆｆ⁉」

その飛ぶ斬撃を前に、赤黒の虚無僧《こむそう》どもはなす術なく切り刻まれ、悲鳴を上げる。

致命傷ではない。だが——……。

「ｗｈａｈ……⁉」

赤毛の小娘は一瞬目を見開いた。自分の一薙《ひとな》ぎが、思った以上に伸びたからだろう。

だがすぐににんまりと笑みを浮かべ「ａｌｆ‼」と意気揚々と敵へ襲いかかる。

これではどちらが怪物か知れたものではない。ああもうと小僧が苛立たしげに唸った。

「とにかく、やべえのはデーモンだ！　後は、呪文で……何か……頼む！」

「う、うん……っ！」

こくこくと大きく頭を揺らすのっぽの娘に頷いて、小僧もまた前線へと駆けていく。

最初こそ戸惑ってはいたが、一瞬で立ち直って指示を飛ばせたのは及第点だ。

そう悪くはない――あの年齢、あの力量《レベル》にしては！

「ｗｏｕａａｈ!!」

ぶおんと小娘に打ち振るわれた刃が、レッサーデーモンの四臂《しひ》の一つと激突する。

「ｙａｐ!?」

「ＧＯＯＯＡＨＨＨＲＲＧ!!」

だがグレーターデーモンとは比べるべくもないが、デーモンの名を冠する怪物だ。

その膂力《りょりょく》は並の怪物の比ではなく、鍔《つば》迫《ぜ》り合いとなれば小娘が押し切られるは必至。

「Ｕｇｈｈｈ……!!」

歯を食い縛り全身の力を振り絞って抗っても、じりじりと刃が押されていく。

澄んだ青い瞳が、せわしなく左右に揺れた。迫り来る虚無僧どもを気にしてだ。

このままデーモンに殺されずとも、四方から彼奴らに突き刺されればきっと死ぬ。

それは集中力なぞとは関係の無い話。致命的な死《クリティカルヒット》。

間近に迫るそれに必死になって抗わんと、小娘は「ｗｏｏｆ！」と唸った。無為な努力だ。

「Ａａｈ……⁉」

がくりと小娘の膝が揺れ、小さい体がさらに押し潰《つぶ》されるように縮められ――……。

「こっちを見ろ……よ！」

「ＧＡＡＲＧ⁉」

「ａｌｆ！」

小僧の短剣がその腕をかすめ、気を取られた瞬間に小娘は刃を外す。

そのまま転げるように距離を取って、フーッフーッと手負いの獣さながらに威嚇の唸り。

戦意は衰える気配も無し。それはハースニールとて同じだ。

やはりいくさの相手は魔神に限る。

レッサーデーモンといえど、ハースニールの死を齎《もたら》す力が通じるかは五分。

加えて呼吸するが如く術を唱えるその力量は、名うての魔術師にも匹敵しよう。

かような強敵を前にして、怯え竦むようならばハースニールの主は務まらぬ。

では――……後方に控える魔術師、司教たる娘どもはどうか。

「え、っと……えと……」

竜殺しを携えた魔術師はおどおどとしながら、真剣な面持ちでブツブツ呟いた。

「《睡眠《カティノ》》は……レッサーデーモンには、呪文……通じない、はず……だから……」

「には？」とレーアの娘が、一つしか無い目を見開いた。「奥のはいけるのね⁉」

「た、たぶん？」

そこから彼女が見せた行動は、劇的なものだ。

「《ミームエイン　ラーイ　ターザンメ《火よ風に乗りて弾けよ》！》」

意を決して解き放たれた真言《トゥルーワード》は、バチバチと音を立てて弾《はじ》ける《火花《メリト》》に転じた。

それは瞬く間に赤黒の虚無僧どもを襲って包み、彼奴らを浮き足立たせる。

ああ、まったく。これだから圃人《ほびと》というのは見上げた種族だというのだ。

朧気《おぼろげ》な視界だろうに、その状況を摑んだ司教はにんまりと微笑《ほほえ》んで快哉《かいさい》をあげた。

「よし！」

「あ、じゃ、じゃあ、僕も……！」

ならばと、竜殺しの剣を杖代わりに振り翳し、黒髪の魔術師がそれに続いた。

普段の気弱な声とは打って変わって張りのある、勇ましい呪文の詠唱。

「《カフアレフ　ターイ　ヌーンザンメ《魂よ止まれ汝の名は眠りなり》》！」

《睡眠《カティノ》》は定番だが、それが定番とされるのはやはりその強力さあってこそだ。

たちまち通路に満ち始めた霧に取り巻かれ、虚無僧どもは朦朧《もうろう》として立ち尽くす。

こうなれば――……あとは目前の魔神と雌雄を決するまで。

「おい、援護するから上手いことやってくれ……！」

「ａｌｆ!!」

言葉が通じているわけではないだろう。

だがそれでも小僧は小娘に声をかけ、小娘は威勢良くそれに応じている。

であれば、それとしても応えぬわけにはいくまい。

下級といえど魔神、悪魔。それを斬る事こそがそれの本懐。

そしてそれに相対せば、人の魂など容易《たやす》く恐怖に屈し、砕け、二度と元の形には戻るまい。

だが、この娘は吠えた。この者たちは竦む事無く敵と対峙《たいじ》している。

その意気や良し。

「Ｗｏｕ！　Ｏｕｕｕｕｕｈ‼」

赤毛の小娘は一声吠えて飛び掛かり、その手の中で悪魔殺しのハースニールが唸りを上げる。

ならば、それ以上何を語る事があろうか。

戦いの顚末《てんまつ》は、言うまでもない。

§

「……やっぱり、すごいねえ、その剣」

「そりゃあそうよ、ハースニールだもん」

「Ａｈｅｍ！」

そうだろう、そうだろうと、赤毛の小娘は何やら鼻高々の様子であった。

どうやら自分が褒められているとでも思っているらしい。

それを見守る黒髪の小僧は、呆れたと言わんばかりの表情だ。

既に、地上は近い。

もう何区画かも抜ければ、ほどなく冒険者たちの屯《たむろ》する入り口が見えてくるだろう。

にもかかわらずこの小娘が勝手に何処かへ行かぬよう見張るのは、なかなか辛いものがあるらしい。

「この剣がその何とかって魔剣なのは良いけどさ」

げんなりとした顔のまま、小僧はひどく疑い深い顔で、その赤毛を指差した。

「こいつが伝説の金剛石の騎士ってのは、どうにも信じらんねえな」

「ｙａｐ！」

がんと鈍い音がして、続けて「痛ってえ」という悲鳴。

したたかに脛《すね》を蹴飛ばされた小僧が喚き散らし、荷物ががしゃりと床に落ちる。

赤毛の小娘はフンと鼻で笑い、宝剣を担いで這《は》いつくばった小僧を見下すように見やる。

「この、お前なあ……!!」

痛みを堪《こら》えて小僧が立ち上がり、赤毛の小娘に食ってかかる。

それを受けた二人の娘らもきゃいきゃいと騒ぎだし、また姦《かしま》しいこと姦しいこと。

騒動の中に放り込まれたそれは、背中で揺れながら、かたかたとその刃を振るわせる。

これが本当に金剛石の騎士とその仲間たちの姿であろうか。

まったくもって――……同感であった。

第四章
シップ・イン・ボトル

「ちょっと！　どういうつもり!?」

朝方の《闘神の酒場《ドゥルガー》》を、甲高く騒々しくも凛《りん》と美しい声が貫いた。

僧侶のサラが放った言葉は、先祖の放つ矢さながらの鋭さでもって一人の男に突き刺さる。

黒衣の冒険者、黒杖《くろづえ》のイアルマス。

彼は平素と変わらぬぼんやりとした表情を、長耳を鋭く尖《とが》らせたエルフの方へと向けた。

「どう、とは」

「アイニッキのこと！」

どっかと対面に腰を下ろしたサラは、卓上の麦粥《がゆ》を見てつまらなさそうに鼻を鳴らす。

彼女はすばやく手を上げて女給を呼びつけ、炒《い》り卵だのベーコンだのを注文し始めた。

エルフが肉を食べるようになって久しい。

ほどなくして運ばれてきた料理に塩と胡椒《こしょう》と、たっぷりの蜂蜜をかけていく。

それをサラが頬張る頃には、既に酒場の冒険者たちは二人への興味を無くしていた。

というより、野次馬気分で向けた視線は、全てエルフの鋭い目に追い払われたからだが。

遠慮なく朝食を食べるサラは、その研ぎ澄まされた視線をイアルマスの喉元に突きつける。

「こないだの冒険からこっち、寺院にもほとんど顔を出してないっていうじゃない」

「忙しくてな」

「何に」

「冒険に」

視線が、頭のおかしい者へ向けられるような生暖かく胡乱《うろん》なものに変化した。

首筋に当てられた刃を指で退《ど》けるような無造作さで、イアルマスもまた麦粥を口に運ぶ。

それは犬が飯を食うようなもので、単に体を動かす熱量を確保する、義務的な動作に過ぎない。

冒険者の食事とは思えないと、アイニッキが散々に嘆いていた事をサラは思い出した。

冒険者たるもの麦酒《エール》をかっくらい骨付き肉に齧《かじ》りつき、大騒ぎして英気を養うべし……。

もっともあのエルフの聖職者の趣味も、大概に古臭《オールドスクール》いではあるけれど――……。

「……あんた、それでよく冒険に行く気になるわね。人生最後の食事かもしれないのよ？」

「人生最後の一歩、人生最後のあくび、人生最後のまばたきだ。考え出したらきりがあるまい」

「他人の戒律に口を挟んだりはしないけどさ」

サラはため息を吐《つ》くと、その口ぶりを些《いささ》か僧侶らしくして、頰杖《ほおづえ》を突いて言った。

「あの子たち、ガーベイジちゃんとかベルカちゃんとか、オルレアちゃんには当てはめないでよ？」

「ララジャは良いのか」

「男の子だもの」

あんまりな言い草だった。

今度はイアルマスが鼻を鳴らし、匙《さじ》を放る番だった。中身の半分ほど残った椀《わん》に、匙が浮かぶ。

「まあ、冒険に忙しいというのは本当だ。探しものがあってな」

「ふうん。……なんだっけ、例の護符？　とか？」

「究極だな」イアルマスは否定せずに頷《うなず》いた。「が、今回は寄り道だ」

ぴくん。サラの耳が跳ねる。

——あのイアルマスが？

迷宮を黒と白線でしか認識してないとかのたまうこの男が寄り道？

下手をすれば、他人のことだって名前と能力くらいでしか把握してなさそうなイアルマスが？

もとより、娯楽に飢えた年若い娘である。

格好の玩具を見つけた猫のように彼女は身を乗り出し、イアルマスに詰め寄った。

彼女の胸の下で、がちゃりと音を立てて麦粥の入った椀が揺れる。

「ね、何探してるの？　教えなさいよ」

「期待しているほど、面白いものかは知らないがな」

イアルマスは微《かす》かに笑って、自分が求めているものの特徴を述べた。

サラは静かにふんふんと頷きながら聞いた後、にこりと微笑《ほほえ》んで言った。

「それなら、聞いたことあるわよ」

「何だと？」

§

カラリと静かな店内にベルの音が鳴った。

いらっしゃいなどと応じる声は無い。

キャットロブの店には最近若い店番が一人二人増えたが、挨拶や接客とは無縁なのだ。

ましてやその日、帳場の奥にいるのが無愛想なエルフ一人となれば尚の事。

ミスター・キャットロブ。店主である男は、その見えざる瞳でちらと客を一瞥《いちべつ》するのみ。

イアルマスとしてはそれが有り難かった。

この店に求めているのは接客などではなく、品揃《しなぞろ》えと、鑑定と、それから解呪《ディスペル》なのだから。

イアルマスは陳列された武具、防具に一瞥をくれると、薬棚の方へと向かった。

どういうわけか――《スケイル》の街において、薬の価格は妙に高い。

薬の一瓶二瓶で、全身を覆う板金鎧《プレートアーマー》に手が届くほどの値段である。

これは薬を作っているのがカント寺院の僧侶たちだからだ、なんて噂《うわさ》する者も多い。

が、まあ、それもあくまで外地と比べてのこと。新参者が目を剝《む》くだけの話だ。

そもそも一口二口飲むだけで傷が癒える薬が、安価であるはずもない。

そして熟達した冒険者にとっては、その水薬の値段は命より安い、となる。

もっとも熟達した冒険者のパーティに、回復呪文がない、なんて事もないのだが……。

それでも用心のために買う者は常におり、故に店の棚に水薬の在庫は常にある。

ありがたい事だ。イアルマスは無表情に棚を眺めてから言った。

「毒消しの香油《ラツモフィス・オイル》があるのに、なぜ麻痺治し《ディアルコ》の薬はないんだ？」

「俺が知るか」

返事は帳場の奥、うっそりと佇《たたず》む古木のようなエルフが発した声だった。

「この間、お前のとこののっぽの娘が、小僧に貢ぐのに買い込んでいったからだろう」

「買い占めるほどの度胸は、あの娘にはあるまいよ」

「いずれにせよ、そこに無ければ無い、だ。うちの在庫はそうなっている」

「不親切な店員だ」

毒は命の危機ではあるが、行動不能に陥る麻痺《まひ》の方が恐ろしい――と思う冒険者は、多い。

もっとも《柔軟《ディアルコ》》の祝禱《しゅくとう》は、《解毒《ラツモフィス》》より下位階梯《かいてい》の呪文だ。

僧侶がいればそう苦労はしない――僧侶が麻痺に陥っていなければの話だが。

なのに麻痺治しの薬というのは、ついぞ見かけなかったものだ。

お陰で苦労した――間違いなく不便だった――それが面白くもあったのだが。

「麻痺治し……気付け薬《ポーション・オブ・スティミレイト》か」イアルマスは笑った。「昔はなかったのにな」

便利な世の中になったものだ。

棚の奥に一瓶残っていた薬瓶を見つけたイアルマスは、その値札を摘《つ》まみ上げる。

金貨四百枚。

――命の値段としては安いほうだ。

帳場机の上に気付け薬が置かれた。

続けて毒消しだの傷薬だのを、値段も見ずに次々摑《つか》み取ってはその横に並べていく。

それを平然と見やっていたキャットロブが、途中でふと片眉を上げた。

「隠れ身の薬《ソピック・フィールト》？　こんなもの、気休めだぞ」

「姿を消せるんだ。俺は好きだがね」

「奇特な事だ」

だが、金を払う限りミスター・キャットロブが文句をつける事はない。

イアルマスがじゃらじゃらと帳場机に放った金貨を、キャットロブは一瞥する。

ただそれだけで、このエルフの見えざる目は勘定を終えたらしい。

彼が小さく頷くのを認めて、イアルマスはさっさと薬瓶を荷物袋へとしまった。

それを担いでさっさと立ち去らんとする背中に、ふと、エルフの声が投げかけられる。

「一人で潜るのか？」

「ああ」とイアルマスは頷いた。「俺の冒険だからな」

§

イアルマスの目に映る世界は、シンプルだ。

町中には酒場、宿、商店、寺院。街外れには訓練場、そして地下迷宮。

下手すると休むのも街外れの迷宮前じゃあないのか、と嘲《あざけ》ったのはララジャだ。

それに対して肩を竦《すく》めただけで、イアルマスはそれ以上答えはしなかったけれど。

少なくともその日、イアルマスは宿で目を覚ました。

そして酒場で飯を食い、キャットロブで品物を調達し、迷宮の前。

今日も今日とて迷宮に挑まんとする冒険者たちが、隊伍《たいご》を組んで深淵《しんえん》へと潜っていく。

死体担ぎのイアルマス、黒杖のイアルマスを見て、ひそひそと囁《ささや》く者らもいる。

あるいは気安く声をかけて、死体回収を頼む者たちもいる。

イアルマスは陰口は聞き流し、知り合いからの依頼には鷹揚《おうよう》に頷いて応えた。

そこに、特に何の感慨もない。

やがてそうした人の波が途切れると、彼は散歩にでも行くように迷宮に向かった。

「待ちなさいよ！」

などという声が背後から投げつけられなければ、そのまま潜るつもりだったろう。

振り返れば、そこには肩で息を切らせている、エルフの女僧侶――サラだった。

怪物と戦うのと街中を走り抜けるのとで、同じくらい体力を消耗するのも愉快な話だ。

そこに滑稽さを覚えるイアルマスに対し、サラは呆《あき》れたと言わんばかりに声を尖らせた。

「宝探しだっていうのに、一人で行く気？」

「なんだ、《透視《カルフォ》》でもかけてくれるのか」

エルフの女僧侶が宝箱に掌《てのひら》を翳《かざ》し、そこから滴り落ちるように緑の光が流れる。

つとに知られた《透視《カルフォ》》の光景を思い描いて、イアルマスは笑った。

対するサラの反応は実に素っ気なく、思い切り顔をしかめるものだった。

「それにしたって盗賊がいなきゃ罠《わな》外せないでしょ。ごめんよ」

投げやりにそう言って、サラは「はいこれ」と包みを投げてよこした。

空中で掻《か》っ攫《さら》うようにして受け取ったそれは、実に軽い。

「これは？」

「弁当」答えは端的だった。「アイニッキにあんたの事話したら、拵《こしら》えてくれたの」

感謝しなさいよというのは、さて、アイニッキに対してか、サラに対してか。

イアルマスはまじまじと手元の包みを見下ろした。

アイニッキが？　驚くべきは誰がではなく、どうやって、だ。あの両手で？

それにサラの有り様だ。

酒場から寺院、寺院から街外れまで走り回ったとすれば、なるほど。確かに疲弊もする。

これを——勝手にしたことだと断じるのは、まあ、悪の戒律だと言って良いだろう。

澄み切れば鈍り、汚し過ぎれば淀《よど》む。

ほどよい濁りを保つのであれば、他人への感謝は必要な要素だった。

イアルマスはその包みを、荷物に仕舞った。たとえ揺れて傾いても、まあ食えるだろう。

「ありがたく頂くよ」

「そうしなさい」

ようやく満足したのか、サラはふてぶてしく笑い、居丈高に言った。

「死んだら回収してあげるから、せめて死体の残る死に方しなさいよね」

「善処しよう」

冒険に見送りがあるとは、まったく、実に贅沢《ぜいたく》な事じゃあないか？

§

迷宮の通路に、ちゃりんちゃりんと金貨の弾む音が響く。
たとえ一人だろうが複数人だろうが、イアルマスの探索方法は変わらない。
気の遠くなるほど往復し、地図を見なくても歩ける道でもだ。
とはいえ――今日は当《あ》て所《ど》なく死体を探して回るわけではない。
金貨を投げ、手繰り寄せるのは変わらぬまま、イアルマスは迷い無く進む。
曰《いわ》く――「それなら地下三階で見つけたって人の話、聞いたことあるわよ」だ。
その冒険者が何処《どこ》の誰かは、サラも知らないらしい。
そいつは地下三階でそれを見つけ、目当てのものではないと放り出し、次へ向かった。
地下四階へ。
――そして、帰ってこなかった――……。
「ありそうな話だ」
迷宮に山と眠る冒険者の末路、あるいは噂話《うわさばなし》、あるいは怪談。
その地下四階へ向かったという冒険者がどうなったのかは興味も無い。
いずれ死体を見つけるすることがあれば回収もしよう。
問題となるのは、目当ての品が地下三階で発見されたという、その噂の真贋《しんがん》だ。

確かめねばならない。角を曲がりながらそう考える。

それはまるで妖刀だの怪しげな星形の武器、君主の聖なる外套《がいとう》を探すが如《ごと》しだ。

不確かな噂のみを頼りに、ひたすら迷宮を徘徊《はいかい》し、殺戮《さつりく》を積み重ねていく。

その懐かしい血と臓物と灰の香りが、今でも匂い立つように感じられそうであった。

――とはいえ……単独行というのがな。

我ながら酔狂な事だ。イアルマスは易々《やすやす》と暗黒領域を潜り抜け、昇降機の前に立った。

地下三階が目的で、昇降機を把握しているなら、わざわざ階段を使う必要はない。

奈落へと沈む箱に乗り、壁の端子を押し込む。

掠《かす》れて滲《にじ》んでぼやけた記憶の彼方で、地下一階から四階、四階から九階に向かったように。

イアルマスは遙《はる》かな深淵の彼方へと自分が落ちていく感触を、のんびりと楽しんだ。

やがて場違いなほどに軽快な鐘の音と共に、箱が止まる。

扉が開くと同時、イアルマスは素早く地下三階へと踏み出した。

「さて、配備センター《アロケーション》に用はないな」

一人で乗り込むのも一興だが、あそこで何が手に入るのかは嫌と言うほどわかっている。

炎の杖、死の指輪、そして青い飾り帯。今回はいずれも目的の品ではない。

イアルマスは地図――ララジャに描かせたものではなく自前の――を引っ張り出した。

方角を確かめ、四方を確認し、さしあたっての道順を決める。まずは近い玄室から。

「よし」

一つ頷いて、イアルマスは薬瓶を抜いた。栓を外し、中身を呷《あお》る。
途端、その体が朧《おぼろ》に霞《かす》み、滲むようにして曖昧模糊《あいまいもこ》としたものに変化しはじめる。
隠れ身の薬だ。
戦闘において身の守りを高めるものだが、かつてはそんなものに意味はなかった。
だが、今はどうだろう。イアルマスは楽しんでいた。
——徘徊する怪物《ワンダリングモンスター》との遭遇を、これで避けられたなら愉快なのだが。
所詮、全ては気休めだ。
どこそこの座標では必ずなにがしに遭遇する。
どこそこの玄室では高確率で宝箱からなにがしが手に入る。
迷宮にはそんな噂が満ちあふれていて、そのどれもが気休めに過ぎない。
その気休めに命を賭ける事こそは、冒険の娯楽の一つといえた。
イアルマスは、空の薬瓶を放り捨てると、また金貨を投じて足を進め始めた。
迷宮で時間の経過を気にするのは愚かしい事だ。
なに、どうせ玄室に飛び込む事になるのだ。そう気負う必要もあるまい——……。

§

ばんと扉を無造作に蹴倒して、躍り込むように玄室の中へと身を滑らせる。

それは迷宮探索に挑む冒険者の鉄則で、玄室の怪物たちに先手を取らせぬためだ。
竜だの魔神だののばかりが強大な怪物というわけではない。
怪物とは、そもそもからして怪物なのだ。
たとえ小鬼一匹だろうと、ただの人間を容易に殺しうるからこそ怪物たりえる。
それに先手を与えても良いなどという奴は、それこそ死んで当然というものだろう。
「……！」
故に、イアルマスの行動は功を奏したといえた。
玄室の闇の中に蠢《うごめ》く数は、ひとつふたつといった数ではない。
囲まれて一斉攻撃を受けて、避《よ》け損なえば、まあ命を落としてもおかしくはない。
大きな動物、奇妙な動物、原生動物。ひしめくその群れが、一斉に侵入者に反応する。
「Hooooooowlll!!!!!!」
――ブレードベア、ワーライオン、ワーアメーバ。
イアルマスは曖昧模糊とした影だけで不確定の怪物の正体を見抜きながら、進む。
ブレードベアはその名の通り、刃の如き爪牙を持った巨大な熊だ。
生命力こそ恐るべきものだが、逆に言えばそれ以上の脅威ではない。
問題はワーライオン、ワーアメーバ。
いずれも呪いだか生来のものだか、人から獣に転じる力を宿した獣人ども。
――まあアメーバも獣か。

野獣の膂力《りょりょく》に、理性なしとはいえ人の知恵、そして爪牙に宿る病毒。

獣の病にかかったとして、獣に成り果てるよりも前に毒で命を落とす事になろう。

ひとつの群れは十に満たぬとしても、三つ集まれば三十近い。

——面倒だな。

もとより此処《ここ》は地下三階。イアルマスは惜しみなく手札を切る事にした。

「《ミームアリフ　カフアレフ　ヌーンイ　ターザンメ《嵐に打たれた石の如く砕けよ》》！」

片手に呪印を結びつつ、残る一方の手が黒杖——細身の騎兵刀《サーベル》を抜き放つ。

虚空《こくう》を薙《な》いだその一閃《いっせん》は呪力を帯びて、玄室全てをただ一太刀に切り伏せた。

「Ｅｅｋ⁉」

「Ａａｈｈｈ……⁉」

《致死《マカニト》》の術である。

弱き者はその前に抗《あらが》うことすら許されず、ただ一瞬でもって命を奪い取られる恐るべき術。

放たれた第五階梯の呪文を前に怪物どもが上げるのは、断末魔ではなく疑問の叫び。

彼らは自身に何が起きたのかを気づく間もなく、ばたばたとその場に斃《たお》れ、死ぬ。

残されるのは——……。

「ｐｌｏｐ……！　ｐｌｏｐ！」

「ワーアメーバ。だろうな」

原初の生命に近しいからか、《致死《マカニト》》の術は奴らには通じぬ。わかりきっていた事だ。

「ｓｐｌａａｔ……！」

「ｓｗａｓｈ！」

ぶくぶくと不明瞭な叫びをあげて襲いかかるアメーバの群れ。

人からこのような粘菌の類に転じると、思考や体の動かし方はどのようなものか。

粘液を滴らせながら変幻自在に体を変えて襲いかかるのは、難しそうに思えた。

だが、相手をする分には戸惑う必要はない――――少なくとも熟達した冒険者ならば。

人の形をした粘菌。ただそれだけの事だ。

「シィ……ッ！」

鋭く気合を発しながら、イアルマスの騎兵刀《サーベル》が立て続けに揮《ふる》われた。

都度都度、ワーアメーバは飛沫《しぶき》をあげて両断され、飛び散り、散体していく。

アメーバと化した人の粘体が玄室の床の染みになるまで、然程《さほど》の時はかからなかった。

§

イアルマスは問答無用で宝箱を蹴り開け、発射された毒針の鋭さに顔をしかめた。

「やれやれ、ララジャの有り難みを痛感するとは、そう滅多にある事じゃあない」

鎧《よろい》を貫いて肩口に突き刺さった針を指先で挟んで引き抜き、息を吐く。

溜息《ためいき》を漏らしたのは少年の存在を噛《か》みしめた事ではなく、宝箱の中身に対してだ。

幾許《いくばく》かの金貨の他には剣が一振り、薬瓶が数本。
如何《いか》なるものかは司教ならざる身では、まったく鑑定の仕様が無い。
だがイアルマスはそれが剣であり、薬瓶であるというだけで、もはや十分であった。
──目当ての品ではない。
それでも手に入れたものを背負い袋に放り込むのは、冒険者のさがといえた。
慣れた手付きで収奪品を確保すると、ついで彼は怪物どもの懐を漁《あさ》りにかかる。
こうした手合いは金貨の類を抱え込んでいる事も多いのだ。
ひとあたり亡骸《なきがら》をつついて回って、もはや使い道のない財布の中身を回収する。
冒険者の遺体を寺院に運ぶ者はいても、怪物の遺体を回収する者はいまい。
地下迷宮の何処かに怪物のための寺院があるという話は、ついぞ聞かない。
玄室を開ける度に現れるこいつらは、蘇生《そせい》されているのか、新たに呼び出されるのか。
いずれにせよ確かなのは、遺体がいつのまにか消え、怪物がいつのまにか現れる事。
かつてはイアルマスもその真相を探ろうとした事があった、やもしれぬ。
だが今となっては、もうそれはどうでも良い事のように思えた。
全ては護符と、それを握りしめた者、迷宮支配者のもたらす事だ──……。
「……ふむ」
とはいえ、普段の手癖で財宝を袋に放り込んだが、一人で運ぶには限度がある。
死体袋にでも詰めて引きずってしまっても良いが──……。

「少し減らすか」

彼は染みを上書きするように聖水を撒《ま》き、血濡《ちぬ》れの長持《ながもち》を椅子代わりに、どっかと座った。

まず真っ先に取り出したのは、毒消しの香油《ラツモフィス・オイル》だ。

鎧の隙間から肩口に塗り込み、残りを瓶から呷って、顔をしかめながら投げ捨てる。

毒などというのは戦いや、あるいは迷宮からの脱出とか、動き回らぬ限りは怖くは無い。

十分な気力体力があれば治療手段がなくとも問題は無く、ましてや手段があれば、だ。

毒そのもので命を落とすのは、未熟な初心者だけだ。

あるいは迷宮の脅威というのは、いずれもそれ単体ではさしたる事では無いのだろう。

だが、それは熟達の冒険者が毒で死なない――警戒する必要が無い事を意味しない。

毒だけでは、なるほど、死なないだろう。

だが次から次へと複合的に重なるトラブルの一つならば、熟達の冒険者でも命を落とす事はある。

迂闊《うかつ》に迷い込んだ深奥、帰り道もわからず、怪物を相手に仲間も壊滅した。

せめても蘇生代を稼ごうと開けた宝箱で、毒針にひっかかり毒に侵される。

地上まで体力は保つのか？　帰路の探索で怪物に遭遇してしまったら？

そうなれば――さて、どうなるだろうか。

故に、イアルマスの処置は実にのんびりとしたものであった。

むしろ麻痺をもたらすスタナーやら、メイジブラスターでなくて運が良かった、だ。

今日の前にある脅威は毒だけで、それに対処するのは実に容易な事であったから。

「……ん」

ふと荷物を漁っていた指先が、布包みの末端に触れた。

引っ張り出してみれば、それは何時間――分か、日か――前に受け取った弁当だ。

そういえば、まだ手を付けていなかった。

イアルマスは、寺院に参拝する男どもの何割かが歯軋《はぎし》りする無造作さで、包みを解《と》いた。

酒落《しゃれ》っ気のない箱。その蓋を開けてみれば――……。

「ほう……」

そこにはみっしりと、蒸かした芋と、挽肉《ひきにく》のソースに、チーズをかけたものが詰まっていた。

アイニッキ目当ての参拝客は、さてこれを受け入れるのか、受け入れないのか。

およそ平素から彼の酒場での食事に説教をする、あの尼僧の料理とは思えぬ。

料理下手か？　否《いな》、そうであれば、そもそも料理というものが成り立つまい。

失敗でもなく、手を抜いたのでもなく、あえて彼女はこれを作って贈ってきた。

どのような手を使ったのか。あるいは、誰の手を使ったのか。

だがいずれにせよ……これは、アイニッキの料理だろう。

誰がやっても同じなどと言う気はない。

だが刻んだ芋の大きさ、かまどの火勢、焼き時間などは、彼女が采配している。

それに――考えてみれば、当たり前の話だ。

あの尼僧が此方《こちら》を咎《とが》め立てるのは、イアルマスが生を謳歌《おうか》していないように見えるからだ。

最後の食事として豪勢なものを食べるのは、もはや死を受け入れている。そこに生はない。

では冒険の最中に、このようなものを喰《く》わせようというのは、それは――……。

「最後まで生きて死ね、か」

いいいいいい
死は結果だ。

結果であり、いずれ迎えるもので、備えるべきものだ。

だとしても、死を前提として戦いに赴くべきではない。

何より豪奢《ごうしゃ》な弁当を拵《こしら》えたとて、冒険の中で振り回されるに決まっているではないか。

イアルマスには、シスター・アイニッキがぷりぷりと説教をする姿が容易に思い描けた。

彼女が厨房《ちゅうぼう》に立ち、真剣な面持ちで芋と挽肉とチーズをオーブンに入れる様も。

それは何とも愉快であった。なんともアイネらしい弁当だといえた。

匙《さじ》でもってその食事を掬《すく》い、口に運ぶには十分な理由だった。

「む……」

旨い、不味いは、わからない。

ただ手足の隅々まで、血が流れていく。その熱を覚える。

戦いの最中、その生死を分ける集中力《ヒットポイント》には決して影響しないもの。

だが、あえてこれを呼ぶのであれば――……。

――なるほど、活力。

やはり彼女の言うことには、含蓄《がんちく》がある。味さえも。

§

イアルマスが次の玄室へ向かった時、考えていたのは敵の脅威についてではなかった。
――麻痺直しは一本だけだったな。
となれば、スタナーかメイジブラスターか、その辺を引いたら帰るべきだ。
盗賊もおらず治療手段もないのにもかかわらず罠に挑むのは、博打というものだ。
彼は冒険者であって、博徒ではない。
だから次の部屋の扉を蹴破る時も、怪物への対処は考えてはいない。
何であれ倒すもの――敵《かな》わなさそうならさっさと部屋の外へ逃げるもの。
ばんと蹴倒した戸板の上、伸びる影のように駆け、さっと玄室の四方へ目を向ける。
――……いた。
それは奇妙な動物の背にわだかまる、奇妙な影であった。
だが、その正体はすぐにそれと知れた。
それは鎧具足を身に纏《まと》い、背にぬらぬらと濡れた血のような外套《がいとう》を纏った騎士だ。
愛馬に跨《また》がり此方《こちら》を見下ろす、その幽鬼じみた佇まい。
「黒の乗り手《ダークライダー》か……」
呪われたいにしえの王たちだとも、魔界の斥候に過ぎぬともいわれる、魔神である。

黒馬《ダークスティード》と共に迷宮に現れるそれは、なかなかに手強《てごわ》いといえた。

魔神である以上、術が通じぬ事が多い――……。

――剣だな。

イアルマスはすらりとその黒杖、騎兵刀《サーベル》を抜き放ち、闇の中に白刃を晒《さら》した。

黒の乗り手は――応えない。

ただ手綱を取って馬の首を巡らせ、イアルマスに狙いを定めたようであった。

ダークライダーの右手には、既に古ぶるしき剣が握られている。

対してイアルマスは、その刀を片手でまっすぐ中央、自分の正面に向けて構えた。

腰を落とし、薪《まき》でも割るかのように力を込める。

騎兵の突撃を、迎え撃つ心算であった。

「――――」

幽鬼の声なきおうらの声と共に、騎馬がいななき蹄《ひづめ》が石畳を蹴る。

山津波。そんなものを見聞きした覚えはないが、この轟音《ごうおん》はきっとそれに近しいだろう。

落雷のように激しい地鳴りと共に迫り来る騎兵に、イアルマスは真正面から対峙《たいじ》する。

騎兵突撃を、徒歩《かち》の兵士が受け止めるなどというのは正気の話ではない。

巨大な怪物が猛烈な勢いで迫りくるその迫力、脅威、死の危険。騎兵は戦場の王のひとつ。

だが――ここは迷宮だ。相対するのは騎士と兵ではなく、怪物と、冒険者である。

黒の乗り手の剣が振りかぶられる。間合いが狭まる。相手の動きが右に逸《そ》れる。

「……シッ！」

瞬間、イアルマスはそれよりもさらに右へ跳んだ。

古剣の切っ先が爪先を擦る。手練れだ。ひやりとした感触。肌に触れてもいないのに。

同時に刀ではなく外套に隠した左の杖、鉄鞘《てつざや》でもってすれ違いざまに馬の足を打った。

「Ｎｅｉｇｇｇｈｈｈ!?」

悲鳴があがった。

速度を求めた機能美ともいえる足。命そのものをへし折られた馬の悲鳴。いななき。

どうと突撃の勢いそのままに転げ倒れ、黒の馬は玄室の床と壁に激突する。

では乗り手は？　無様に落馬したか？

否。ダークライダーは文字通りそのまま鞍上《あんじょう》から飛び降り、イアルマスへと躍りかかる。

赤黒の外套が虚空に広がり、頭上から叩《たた》き付けられる殺意の一撃。

それをイアルマスは片手打ちに切り払い、今度は横へと跳んだ。

ダークライダーが空中に足場でもあるかのように軽々と、蜻蛉《とんぼ》を切る。人の動きではない。

火花が青白く玄室を一瞬照らすのと、双方の着地は同時。

「――……」

「……」

黒衣の剣士二人は、互いに間合いを探るような目を向け合い、ゆらりと立ち上がった。

これで互角――……いや。

「《MA《ミームアリフ》　HA《ヘーアー》　LI《ラーイ》　TO《ターザンメ》》！」

ダークライダーの左手に、淡い燐光《りんこう》が灯《とも》った。

——向こうの呪文だけは通るというのは、まったく嫌な話だ。

イアルマスは低く嗤《わら》った。頭の中で薬瓶の数を考える。まあ、いけるだろう。

魔神が解き放った《大炎《マハリト》》の業火の中を、イアルマスは真正面から突っ切った。

髪が焦げ、皮が裂け、肉が焼け、血が沸き立つ。眼球を守るため、一瞬閉じた瞼《まぶた》を開く。

目の前に、悪魔の兜《かぶと》があった。庇《ひさし》の奥、その目の色は見えない。甲冑《かっちゅう》の急所は互いに承知済み。

「シャッ……‼」

一閃《いっせん》。

喉を防《まも》るべく引き戻された剣。その上を踊るように切っ先が走り、伸びた。掌中で柄を滑らせる。

するりと兜の下に滑り込んだ刃は、そのまま何の抵抗も無くその喉笛を断ち切る。

ぴゅうっと笛の音のような甲高い音とともに、霊液《イコル》が噴出した。

イアルマスはそれを一瞥すると、愛刀に血振りをくれ、刃を袖口で拭い取った。

悪魔は滅びると肉体ごと異界へと帰って行く。

だから崩れ落ちるその音は、玄室へと響く事はなかった。

§

すると、問題は宝箱である。

イアルマスは黒の乗り手がせっせと財宝をかき集めている様を思い描いた。

だが笑おうとして、頬がひどく引きつって痛むので、その思考を投げ捨てる。

酷い有様だ。

焼け爛《ただ》れた顔は空気に触れるだけで酷く痛むし、目玉だって乾いて瞼が張り付く。

死んでいないのは彼が迅速に業火の中を突っ切ったからで、それ以上でも以下でもない。

——……まったく、単独行《ソロ》などするもんじゃあない。

死体回収に一階を歩き回るのとはわけが違う。

イアルマスは荷物の中から《薬石《ディオス》》の水薬を取り出し、その中身をばしゃばしゃと浴びた。

新たな皮膚が張っていく滑《ぬめ》った感触に顔をしかめながら、残った薬液を飲み干していく。

そして一本空にするとその小瓶を投げ捨て、もう一本を抜き取り、同じように使った。

宝箱の罠で爆弾なぞに引っかかりでもしたら、目も当てられない。

だからイアルマスは黒の乗り手、その霊液《イコル》の染みが消える前に治療を施す。

怪物を滅ぼし切る前に、状態を整えておくのが最善であるからだ。

魔神の消滅からさほど捜索する必要もなく、イアルマスは一つの箱を見出《みいだ》していた。

元からこの玄室にあったものか、あるいはダークライダーの収集物かは知らない。

今度こそイアルマスは愚かな想像に薄ら笑いを浮かべてから、宝箱に対峙《たいじ》した。

呼吸を整える。

自分の状態。残りの道具。呪文。場所。

――ま、何が出てもさしあたり死にはすまいさ。

錠前を破壊する勢いで、イアルマスはその蓋を蹴りつけた。

§

「で、見つけたのがそれってわけ？」

《闘神の酒場》で、サラは興味津々と言った風にタック和尚《おしょう》の手元を覗《のぞ》き込んだ。

イアルマスの姿は――無い。

冒険者たちでごった返す酒場に現れたあの男は、荷物を渡すと早々に引き上げてしまった。

今頃は宿の簡易寝台だか馬小屋だかで寝るか、それかまた冒険に出て行っているだろう。

せっかく情報提供してやったというのに、甲斐《かい》の無い奴だ。

サラは一人勝手に腹を立てて鼻を鳴らした後、タック和尚の手の中にあるものを見る。

それはガラスの瓶だった。

水薬の類などではなく、ただの瓶。

サラの目からすれば、取り立てて珍しいもののようにも思えないが……。

「あいつが必死こいて探してるものでしょ。気になるのよね」

「それなんだがな、サラ」

タック和尚が、繊細な手付きで小瓶を調べて回りながら、低い声で言った。

太い手指でよくもまああそんな小器用な動きができるものだと、サラは常に思う。

「イアルマスからの伝言での。情報はあってたが、欲しいものじゃなかった、とさ」

「なぁにそれ」

勝手な話もあるもんだ。サラは長い耳をひくつかせた。

が、少し気にかかった点もある。

イアルマスは鑑定もできない癖に、これが目当ての品ではないと見抜いたらしい。

――アイツって時々そういうわけわかんない事するわよね。

つまりこの良くわからない小瓶を、前にも見たことがある……のだろうか。

イアルマスの奴が何処の誰で何者か。サラはとうの昔に考えるのをやめている。

冒険者というのは全てそうで、《スケイル》に来る前の事なんて何の意味も無い事だ。

とはいえ気にならないといえば嘘《うそ》になる――少女めいたただの好奇心ではあったけれど。

「で、結局、何だったの？」

「いいいい、瓶詰めの船だの」とタック和尚はしわくちゃの顔を歪《ゆが》めて笑った。「ほれ」

「わ」

ほいと気軽な手付きで渡された小瓶を、サラは胸元で受け止めた。

恐る恐るそれを手で捧《ささ》げ持って、酒場を照らす橙色《だいだいいろ》の光に透かしてみる。

と――そこには、まさしく瓶詰めにされた船が収まっていた。

今にも大海原に帆を張って漕《こ》ぎ出していきそうなほど、精巧な、小さな船だ。

目を凝らせば、甲板の上を動き回る水夫たちの姿さえ見えてきそうなほど。

サラには、それがそれ以上の何であるかは、さっぱりとわからなかったけれど。

「……綺麗《きれい》ね」

「ま、瓶詰めになった船。それ以上でも以下でもあるまいよ」

タック和尚はしみじみといって、まるで水でも飲むかのように火酒を呷った。

「何にせよ、奴が死体漁り以外の冒険を始めたというのは、良いことだの」

この年老いた司教がいやに上機嫌なのは、なるほどそれが理由かと合点がいった。

巌《いわお》の如きこのドワーフにかかると、他の誰もが皆子供か孫扱いになってしまう。

「ホークウィンドあたりが聞いたらなんて言うか見ものよね」

特にそれが不快でもないあたりは、サラにとっては何とも反発したい所ではあった。

エルフらしい年上風を吹かすような口ぶりをしながら、彼女は瓶の中の船を眺める。

海――海か。

そんな場所に行った事はなかった。海の果ては断崖絶壁、後は落ちるだけ。

先の無い場所はサラは嫌いだった。明確な終点のある場所の方が好きだ。

だから迷宮は心地良い。ほら――こんなにも不思議で愉快なものが見つかるのだから。

「ね、和尚。これ貰《もら》って良い？」

「構わんが、うっかり床に放り出して踏み割るでないぞ？」

「失礼ね、ちゃんと窓際に飾ります」

イアルマスに対して噂話を教えてやったり、寺院と街外れを往復してやったのだ。

これはそれに見合った代価だろうし――それに、満足する点はもう一つある。

空箱を返した時のアイニッキの反応を間近で見れるのは、その『手』として当然の報酬だった。

第五章
ラバー・ダック

「ダメね、たいした価値ないわよ、これ」

「そう……」

「……ですか」

これ見よがしに気落ちした姿を見ると、どうしてか自分が悪いことをした気になる。

特に同情する義理も無い赤と青の双子を前に、オルレアは深々と息を吐いた。

可愛いというのは、ズルいものだ。

とはいえ、キャットロブ商店に響く声が尖《とが》ったものになったのには、若干の自己嫌悪。

こっちが悪くないように、彼女たちが悪いわけではないのだから。

「まあ、魔術師一人……二人？　で探索して、生きて帰って来れただけ運が良いでしょ」

だからそう、励ましとも慰めともつかぬ言葉を付け加えて、お茶を濁した。

ラームとサームはそんなオルレアの事など気にせず、ひそひそと囁《ささや》き合っている。

「どうしましょう……」

「……どうしましょうか」

「もっと深く潜ってみますか？」

「私だけでは手が足りませんよ」

「私だけでも呪文の数はありますよ」

「前に出て戦えませんから」

「それを言ったら宝箱を開けるのだって」

二重に木霊《こだま》するような声は、どちらが喋《しゃべ》っているのかもわからなくなる。

そもそもこの二人にどちらという概念があるのかさえ曖昧だ。

——前言撤回ね。

特に声が尖ったのを謝る必要もないと、オルレアはあっさり見切りを付けた。

この双子はどうにも気にくわない——それで良いではないか。

誰彼構わず善意を振りまいてやる必要もない。なんといったって、有限なのだ。

「だったら別に、やめたら良いじゃない。わざわざ二人だけで潜る必要ないでしょ?」

「そうは言いましても」

「シューマッハ様に」

「ご恩返しが」

「できていませんから」

——これだ。

ラームサームの言葉に、オルレアは自分の顔が醜く歪《ゆが》むのがよくわかった。

どうせ皆、こういう健気で従順、素直で可愛くて、傅《かしず》くような女が良いのだろう。

当たり前だ。誰だってきゃんきゃん噛《か》み付くような輩《やから》はお呼びであるまい。

こっちが黙って付いてくる事を期待してるし、そういう奴の方が好きなのだ。

頭の中にふとした瞬間わっと湧き出てくる黒々とした感情。

しかしオルレアにとっては、それを制御するのは容易《たやす》い事だった。

何年も付き合っているのだ。
縁を切りたくても切れないのが苛立《いらだ》たしいが、蓋をしてしまう術は心得ている。
余所見《よそみ》する首を摑《つか》んで、ぐいと強引にねじ曲げてやれば良い。
それでひとまずは収まる――解決こそしないまでも。
「向こうが勝手に生き返らせたのを、そう恩に着る必要もないと思うけどね……」
オルレアは帳場に頰杖《ほおづえ》を突いて、深々と息を吐いた。
自分で言っていても、なんと白々しい言葉だろうと嫌になる。
向こうが勝手なんだから、こっちの勝手で良いじゃないかと、思うのだが――……。
「……ん」
その時だった。
不意にからんと客の来店を告げるベルが鳴り、扉が勢いよく開かれたのだ。
「ａｌｆ!!」
顔を見るまでも無い。飛び込んできたのは、赤毛の野良犬じみた少女。ガーベイジ。
いつもとことこイアルマスの後をついて回るか、ララジャの奴を先導しているか。
もしくはベルカナンを追い立てているかというのが、この金剛石の騎士様だ。
一人で来るのは珍しい。
――……くもないか。
前にも一度、この娘が自分の店に転がり込んできた事を思うと、頰が緩んだ。

「なに、ご主人様がたに構って貰《もら》えなかったわけ？」

「ｗｏｏｆ……！」

抗議の声を無視して、そのくせっ毛に手を伸ばして掻《か》き混ぜてやる。

背に負うた宝剣やその境遇、似たような境遇な癖にその態度。

考えてみれば忌々《いまいま》しい所ばかりだが、オルレアは別に、嫌いではなかった。

損得抜きの感情だけで動いている奴に、悪意は無いのだから。

「ｙａｐ！　ｙｅｌｐ‼」

「はいはい、何言ってるかわかんないけど。大方ベルカの奴が呼びによこしたんでしょ」

そろそろ店番交代の時間なのか、それとももうとっくに過ぎたのか。

鑑定に集中していると、時を告げる鐘の音なんか耳に入ってこないものだ。

入ってきても無視する事もある。時間なんか知りたくない時も。

ラジャの奴は気回しなんかできないだろうから、消去法でベルカナン。

――イアルマスは――……まあ、呼ぶとしたら迷宮に潜る時くらいか。

待っててと言い置いて、オルレアは帳場の向こうへとその小さい体を運んだ。

包帯まみれで足下も覚束《おぼつか》ず、視界だって半分で、残りも霞《かす》んでいるが、慣れたもの。

そうして回ってみれば、心此処《ここ》にあらずといった風のラームサーム。

二人のノームはぼんやりとした様子で、ガーベイジの方へと目を向けていた。

「あの……」

「……この方が？」

「そ」とオルレアは、どこが自慢するように言った。「金剛石の騎士様、剣だけのね」

「ｗｈａｈ！」

ガーベイジの吠《ほ》え声に、「まあ」なんて感嘆の声が二つ重なって落ちた。

この双子の姉妹の感情なんてわかったもんじゃないが、驚いているのは確からしい。

ガーベイジの武名に対してか、その異名についてか、背負った宝剣に対してか。

オルレアにとって、やはりそれは悪い気のしない反応ではあったけれど。

「ｃｒｏｒｆ……」

当の本人は、そんな三人のやりとりを見て、訝《いぶか》しむように鼻を鳴らす。

そして彼女はラームサームと、帳場の上に広がる品とを見比べ、合点がいったらしい。

「ａｒｆ！」

力強い叫びと共に、ばしりと二人の肩を叩《たた》いたのだ。

任せておけ――……とでも言うように。

「……任せておけ？」

「ｙａｐ！」

その意味がわかっているのかどうか、今度はオルレアの肩を小さい手が叩く。

きょとんとしたノームの姉妹を他所《よそ》に、オルレアは天を振り仰いだ。

薄汚れた武器屋の天井が、そこにあるだけであった。

§

「えっと、それで……付き合う事にした、の？」

「そうよ」

《闘神の酒場《ドゥルガー》》、その喧噪《けんそう》の中だったら幾ら悪態をついても誤魔化される。

故にオルレアは、一切の何の遠慮もなく、盛大に顔をしかめて声を尖らせた。

「残飯にだけ任せといたら絶対全滅でしょ。絶対」

「ふぅん……」

何か物言いたげなベルカナンの視線に、オルレアはなによと全力で睨《にら》み返す。

言いたいことがあるならはっきり言えば良いのだ。

「ａｈｅｍ！」

「ありがとう」

「ございます」

この残飯と、赤青の双子のように。

何やら得意げなガーベイジに対して揃《そろ》って頭を垂れるラームサームは、実に滑稽だ。

オルレアに言わせれば、ガーベイジにそんな態度を取ったって意味は無いだろう。

つまり双子らがしたいからしているだけの、自己満足。

そんなへりくだった態度が気に入らないのだが、それよりも――……。
「な、なんでそれがしまで引っ張ってこられているのやら……」
円卓の端――というのも妙な表現だ――の席で縮こまっている、黒髪の娘。
シャドウウィンドだとかいうふざけた名前の彼女の方が、どうにも気に入らない。
こちらが一つきりの目で睨んでいるのに気づいてか、「ひええ」などと震える姿もだ。
嫌なら嫌だと、はっきり言えば良いというのに。
「……ララジャくん、頼った方が良かったんじゃ？」
「向こうに盗賊の当てがあるんだから、わざわざアイツ巻き込む必要ないでしょ」
ベルカナンに対し、オルレアはつっけんどんに言った。
そりゃあ、ララジャの盗賊としての技量は、最近なかなか高くなっている、ようだ。
だからといって、ララジャに頼るのは癪《しゃく》だ。頼るという考えがそもそも嫌だ。
だが信用のおける盗賊の知り合いなんて矛盾したものは、オルレアにはそうはいない。
しいて言えばモラディン――あのオールスターズの盗賊くらいだ。
もちろん、きっと話を持ちかければ、なんやかや言いつつ手は貸してくれるだろう。
だがオールスターズは、オルレアにとっては正直あまり関わりたくない存在だった。
上から目線でニコニコと、先輩面で暖かく見守られているのは気分が悪い。
何よりああいう高位の連中に借りを作ると、後で苦労するのは目に見えているのだ。
そうなれば――……。

「……文句はラームとサームに言ってよ。あたしはどうなろうが知らないから」

「そ、そりゃ、まあ、頼まれれば嫌とは言いませぬが……！」

責められていると思ったのか、急に鯱張《しゃちほこば》ってシャドウは居住まいを正す。

そういうわかりやすい態度の変化に片目を細めて、オルレアは息を吐いた。

《闘神の酒場《ドゥルガー》》の料理にしろ、酒にしろ、食べる気にもならない。

オルレアは無言のまま、誰が頼んだか知らない肉料理をガーベイジの方に押しやった。

「ｇｎａｐ！　ｇｎａｐ！」

大喜びでかじりつく残飯は、これで当分静かになる——いや、騒ぎはしないだろう。

そんな様子を横目に、ベルカナンが「僕は良いけど」と、呟《つぶや》く。

「でも一応、ララジャくんには伝えておくね、イアルマスにも……」

「ま、それはね」

「うん……」

万一にも全滅でもしたら、その時は死体を回収して貰わねばならないのだ。

考えたくない可能性だが、考えねばならない事は考える必要がある。

オルレアだとて意地を張るべき部分と、そうでない部分は心得ている……つもりだ。

「……そっちは良いの？」

だから、ふと気になったのだ。

ラームサームはなんだかんだシューマッハに恩義を感じていて、彼も目をかけている。

シャドウウィンドとやらだって、そのパーティの盗賊ではないか。

ましてや三人――パーティの半分が勝手に行動する事に関して、どうなっているのか。

問われた三人は、きょとんとした様子で不思議そうに、互いの顔を見合わせた。

「……別に」

「いつも一緒に」

「いるわけでは」

「ありませんし……」

「お互いどうなっても、まあ……ってとこはありまするな」

――これが、悪の戒律ってやつか。

冒険者間の感情は往々にして冷めたものだが、それにしても、という所はある。

今度はオルレアとベルカナンが顔を見合わせる番で、恐らくわかり合う事はあるまい。

もっとも、善だの悪だのというのも、所詮は俗語だ。

オルレアはついぞ、自分が善の司教なんてものだと思った事は無い――……。

「えと、じゃあ……合流は、迷宮の入り口で良い……よ、ね？」

「おまかせ」

「します」

ベルカナンがおどおどと言うのに、ラームサームは囁くような小声で応えた。

――……まあ、当人同士で合意が取れてるなら良いか。

当日の段取りについて三人がこしょこしょと小声で話し合うのを、オルレアは無視した。

それよりも、その先の事を考えるべきだ。

「地下三階まで大勢で潜って玄室漁《あさ》りじゃ、数は増えても質は同じでしょ。案はあるの？」

「地下四階まで行こうかと、ラーム……サームのお二人は仰《おっしゃ》ってましたな」

「地下四階？」

シャドウの言葉に、オルレアは一つ目を見開いた。

「モンスター配備《アロケーション》センターを越えて行く気？」

「あ、それは大丈夫でござるよ」

黒装束のヒューマンは、レーアとさして変わらぬ胸をどんと力強く叩いた。

「それがしら、青いリボンを手に入れておりますれば！」

オルレアは今度こそ、本当に頭を抱えたくなってきた。

こんな奴らが自分たちより先に進んでいるだなんて！

§

迷宮での合流は、滞りなく終わった。

「お、おまたせ……。ごめんね……っ」

「いいえ」

「大丈夫です」

「ｗａｆ！」

地下一階入り口直下に屯《たむろ》する冒険者の合間でも、赤青黒の三人組はよく目立つ。

目立つという意味ならベルカナンの巨軀《きょく》が一番で、オルレアとガーベイジはその次だ。

帽子の鍔《つば》を引っ張り、精一杯に身を縮めるのは、オルレアにすれば無駄な努力なのだが。

「でも、ホントだったんだね……青いリボン……」

「へへー！」

ベルカナンが、自分の腕に巻かれた古い布きれをそっと撫《な》でて呟く。

対してシャドウウィンドは、髪留め代わりの真新しい飾り帯を得意げに披露していた。

二つのものが同じだとは、オルレアにはとても思えない。

もっと言えば――――それを持っている意味だって、はっきりとはわからないのだが。

「ベルカナンは、変な爺《じい》さんから貰ったたって言ってたっけ？」

「え、あ、うん。ディンクの……おじいさんから……」

「あのイカれた爺さんが、モンスター配備《アロケーション》センター突破済みとは思えないのよね」

だから必然、シャドウの髪を彩る青色に胡乱《うろん》な目を向けるのも、仕方の無い事だと思う。

「私たちは」

「ちゃんと」

「突破しました」

「ので……」

「疑ってるわけじゃあないけどさ」

ラームサームの重なる声に、オルレアはバツが悪そうに言った。

いいや、いい、いいいいいいいいいいいいい。

オルレアは、モンスター配備センターを攻略できていない。

あの場を生き抜いたのは、ララジャやイアルマス、ベルカナン、アイニッキ。そして――……。

「wouah!」

先陣切ってとっとこ歩く、赤毛の残飯、野良犬めいたガーベイジなのだ。

その背に揺れるハースニールを見れば、彼女の武威は疑う余地も無い。

自分はただあの場で生け贄《にえ》として肉塊に埋め込まれ、引きずり出されただけ――……。

――……随分と余裕だこと。

迷宮の中で悶々《もんもん》とできるのだ。たいした事じゃあないか。

オルレアは自嘲気味に頬を引きつらせ、慣れた手つきで心に蓋を厚くかぶせた。

「待ちなさいよ残飯。隊列決めないとどうしようもないじゃない」

「yap!?」

「うるさい。知らないったら」

ぐいと襤褸《ぼろ》外套《がいとう》を引っ張ると、途端に上がる抗議の声。

やかましいそれを一切合切無視して、オルレアは他の面々を見回した。

残飯、おどおどベルカ、ぼんやりラームサーム、ビクビクシャドウ。あたし。

——つまり、あたしが指揮官やれって？

途端にげんなりした気持ちが肩にのし掛かってくる。嫌になってきた。

「残飯が前衛なのは確定として、ベルカナンも当然前ね」

「う、わ」声が一気に甲高く上擦《うわず》って裏返る。「わかった、僕、やる。前……」

「あと一人はシャドウね」

「それがしでござるか⁉」

今度は悲鳴。だが、そうするしかないのがわかっているのだろう。反論は無い。

何しろ残りは司祭、魔術師、魔術師だ。いや、ベルカナンも魔術師ではあるけれど。

そうなると前を張るのは、必然ながら戦士と盗賊という流れである。

シャドウもそれには納得しているに違いない。

「コレタス殿とて司教なのに……」なんてぶつくさいう声は、反論ではないだろう。

嫌なら嫌だと言えば良いのだ。

「じゃ、決まりね」

「ｗｏｏｆ……！」

合意が取れたと見てパッと手を離すと、勢いよくガーベイジが飛び出していく。

——あいつ行き先わかってんのかしら。

とっとこ進んでいくその小さな背を目で追って、オルレアはゆっくりと後に続いた。

もちろん、自分の前にベルカナンとシャドウウィンドを追い立ててから、だが。

§

「ｃｒｏｕａｈｈ……！」

何に難儀したかというと暗黒の領域、ダークゾーンだ。

なんだか知らないが、ガーベイジがそこに入るのをえらく嫌がったのだ。

「じゃあ、置いてきましょ」

「え」とベルカナンが声を上げた。「危ない、よ？」

「ついてこないなら仕方ないでしょ」

その危ないが自分たちなのか、残されるガーベイジの事なのかは知らない。

だがあえて無視して一歩暗闇に踏み込むと、ガーベイジはさらに甲高く唸《うな》った。

「ｙａｐ！　ｙａｐ！　ｙｅｌｐ!!」

「ど、どうする？　僕は……えと」

ちらちらと、帽子の鍔の下でベルカナンが忙《せわ》しなく視線を左右に走らせた。

「行く、けど」

「……」

そこまでしてやっと、ガーベイジは不満たらたらの様子でダークゾーンに踏み込んだ。

——まあ。

別に置いて行かれるのが寂しかったなんて事は、断じて無いだろう。

ベルカナンが行くのに自分が残るなんて事が許せなかったに違いない。

そんな気持ちは……まあ、言葉が通じなくとも、わからなくもなかった。

「まあ、慣れればそうおっかない事はないかと」

「暗くてわからない」

「だけですからね」

対して、此方《こちら》の三人は、怯《おび》えた様子は一切無い。

シャドウウィンドの声には僅《わず》かに空元気の気配はあったけれど、それだけだ。

これぱっかりは戒律の違いなどではなく、既に経験があるからだろう。

いざ暗黒の中に踏み入ってみれば、オルレアは思わず立ち竦《すく》んでしまったからだ。

「う……」と思わず、喉から声が漏れた。「これは、結構……来る、わね」

前も後ろも、右も左も、なんなら踏みしめている床や、天井だってわからない。

とてつもなく広い空間にぽつんと一人放り出されたかのようだった。

それでいて、感じるのは迷宮の閉塞感。

自分一人の大きさを残してぎちぎちに壁が迫っている、そんな錯覚を覚える。

二つの矛盾した感覚。だが、最終的に残るのは――……。

――……閉じ込められている。

そんな、危機感にも似た印象だった。

とにかく早く抜け出したい。逃げ出したい。

恐怖とはまた違うそれは、けれど声を震わせ、心臓を脈打たせる。

「ｓｎａｒｌ………！」

ガーベイジの唸り声を聞いて、オルレアはどうにかやっと息を吐いた。

一人だけでこんな所を歩ける気はしない。

イアルマスは行けるだろう。ララジャは……どうだろう？

「とりあえず道なりに。まあそう迷うこたぁ無いと思いまするが」

物思いに耽《ふけ》るオルレアは、シャドウの言葉に頷《うなず》き、そしてそれが意味が無い事に気づいた。

「わかったけど。道なりってどういう道よ」

「手を繋《つな》いだり」

「しますか？」

「遠慮しとく」

きっぱりと返すと、「そうですか」という声がすぐ傍《そば》から聞こえた。

心なしかがっかりしたようで、本気なのか冗談なのか、オルレアにはわからなかった。

「とにかく、さっさと行きましょ。こんなとこで怪物と戦いたくないもの」

「僕も、同感……」

「では、此方《こちら》へ！」

「ｙａｐ！」

シャドウウィンドはことさらはっきり声を上げ、ガーベイジがきゃんきゃんと吠える。

やかましさすら感じる二人の道標は、今は少しありがたかった。

§

箱が浮かんで、落ちて、絞首台みたいにがくんと吊《つ》るされて止まる。

その感触は何度味わったって良い気分のするものじゃあない。

「ｃｒｏｒｆ……」

ガーベイジは忌々しげに唸って首を振ったが、オルレアだって同じ気持ちだ。

──ホントに、奈落の底ね。

昇降機。天階にも深階にも通じているというのは、眉唾だろうけれど。

だが少なくとも果てしなく沈む方については、そう噂《うわさ》される理由もわかる。

扉が音も無く開いて降り立った地下三階は、しかし不思議と静まりかえっていた。

ここにモンスター配備《アロケーション》センターがあるだなんて、嘘《うそ》のようだ。

「……何にも出てこないね」

おっかなびっくり、昇降機の扉の隙間から顔を覗《のぞ》かせたベルカナンは呟く。

彼女は自分の腕に巻いた、くすんだ青色の飾り帯をそっと指先で撫でた。

「これのお陰……かな」

「たぶんね。意味はわかんないけど……」

何にせよ、まずはガーベイジとベルカナン、そしてシャドウウィンドに降りてもらわねば。

前衛三人を昇降機から追い出すようにして周囲の安全を確保。

それからオルレアは、ラームサームと共にそろそろと地下三階に足を踏み入れる。

——嫌な場所だ。

思い出すのも忌々しい。伽藍《がらん》とした巨大な玄室。

グレーターデーモンで溢《あふ》れかえっていたはずのそこは今、何の痕跡も残っていない。

ただの空き部屋。

その部屋そのものが死に絶えてしまったかのように、虚《うつ》ろな空間が広がっている。

「ブルーリボンは」

「試験の合格証のようなもの」

「なのでは」

「ないでしょうか……」

だからそれを持っている者が訪れる限り、試験官が出てこないのでは。

双子のノームがひそひそと囁き合う言葉に、オルレアは「かもね」と呟いた。

「だとしても、他の怪物が這《は》い回ってる可能性はあるでしょ。さっさと行くわよ」

「うむ、奥の昇降機ですな。それがしもこっちに乗るのは初めて故……」

わくわくしますなあなどとシャドウウィンドは、何故か得意げに歩き出す。

髪留めにしているブルーリボンを、自分の手柄か何かと思っているのだろう。

そのあたり、とっとこ意気揚々と通路を行く残飯と、ほぼ同レベルなのかもしれない。

斥候《せっこう》、盗賊の類《たぐい》がそんな浮ついてて良いのかとも思うが――……。

――……ま、ビクビクされるよかマシか。

オルレアはたっぷりと皮肉と自戒を込めて、頬を引きつったように歪めた。

怯えて怖がっているのは、他でもない自分だ。

足が重たい。進みたくない。昇降機の扉が、己を飲み込む怪物の顎のようにも思える。

僅かに浅くなった呼吸を、誰にも気づかれたくは無い。

「オルレア……ちゃん?」

「別に」ベルカナンに、声を尖らせた。「何でも無い」

無理矢理前に出る。一歩進めば、一歩進むのだ。

ぺたぺたと素足を鳴らして続くオルレアに、しずしずとラームサームが付き従う。

双子は何も言わない。心此処《ここ》に在らずといった様子で、いつだってぼんやりしている。

心を見透かされているような目にも思えて、それが多分、オルレアは嫌いなのだ。

「どうか」

「されましたか?」

「……何でも無いって言ったでしょ」

彼女たちの視線から逃れるように、オルレアは足を速め、次の昇降機へ移る。

以前に一度捧《ささ》げられた生け贄の祭壇だ。二度目で、何が怖いものか。
そうは言っても——どすんと沈む感覚は、やはり苦手だったけれど。

§

「……何か変わる、って事もない……んだね？」

「の、ようですな」

「ａｌｆ！」

地下四階——昇降機の扉が開いて降り立った前衛三人は、そんなやり取りを交わす。

慎重に周囲を見回しているのはベルカナンとシャドウの二人。

ガーベイジは鼻をひくつかせ、さて次の玄室は何処《どこ》かと狙う獣さながら。

冒険者たちの目の前に広がる景色は、やはり代わり映えしない石造りの迷宮だ。

もちろん、最初からそう見えているのならば、だけれど。

此処が広大な岩窟に見える者であれば、そのような景色を認識しているだろう。

オルレアはそっと、近くの壁に手を這わせた。

彼女の一つきりの瞳は曖昧に霞《かす》んではいたが、手に触れた感触はしっかりと返ってくる。

それは確かに石造り、煉瓦《れんが》を重ねたような、ざらついた迷宮の壁。

だが違うものが触れれば、きっとそこには天然の岩肌を覚えるのだろう。

果たして此処は何なのか——……オルレアは僅かに考えて、首を横に振った。

此処は迷宮だ。それが純然たる、ただ一つの事実。オルレアは言った。

「それで、地図はあるの？」

「あります」

「よね？」

「もちろんですとも！」

ノームの姉妹に応えて、シャドウウィンドが自信たっぷりにそう声を上げた。

彼女はその薄い胸元に手を入れると、折りたたまれた紙片を取り出す。

地図だ。

どうやらシューマッハのパーティでは、彼女が地図役《マッパー》を担当しているらしい。

「ま、といっても地下四階はまだそう探索は済んではおりませぬが……」

たはは、と照れくさそうに笑う彼女は、盗賊だ。

どこのパーティでもそうなのだろうか？　まあ前衛の戦士がやる事でもないのか？

方向音痴のエルフに地図を任せている、なんてパーティの話も聞いたことがある。

それもまた愉快な話だが——……。

まあ、きっと、地図役を任せるなら定番の一つ……なのかもしれない。

——ウチでも、そうだな。

ララジャ。彼が逐一地図を見て、ああだこうだ言っている姿をオルレアは思い出す。

あいつに「先に地下四階へ行ったわよ」と言ったら、どんな顔をするだろう。

悔しがるか、怒り出すか、それともそっぽを向いて素っ気ない返事か。

「ひとまず近い玄室で一当てして、この階層の怪物はどんなもんか見てみるのが良いかと」

「う、うん。僕も……何が出てくるかわかんないし、それが良い……と思う」

そんなオルレアの思考は、シャドウウィンドとベルカナンの相談に引き戻される。

色惚《いろぼ》けた事を考えている場合ではない。とすると、存外に自分は余裕なのか?

オルレアは二人の方針に「まあ、妥当なとこね」と結論を出した。

「玄室の守衛なんて強い弱いも運次第でバラつくけど……一当てして帰る、良い?」

地下一階に、つまり迷宮に初めて挑んだ時と一緒。

そう聞くと、ガーベイジ以外の全員がこっくりと頷いた。

「他に何かある?」

「あ、ええと……」とシャドウが遠慮がちに言った。「ラーム……サーム殿?」

「はい」

「わかっています」

赤と青に塗り分けられた小さな双子は、くすくすと笑い合った後に手を取った。

「《ダーウーク《衣よ広がり》　ミームアリフ《我が位を》　ペーイチェー《示せ》》」

ぼう、っと不可視の何かが広がり、肌を撫でて解けていくのがわかる。

《所在《デュマピック》》だ。迷宮の中で、自分の所在を確かめる、第一階梯《かいてい》の初歩の魔術。

ラームサームは囁き合った後、まるで内緒話をするようなか細い声で座標を伝えた。

「ン……良し。問題は無いようですな」

そしてそれを聞いたシャドウウィンドが、地図に何やら書き付ける。

恐らくは四階昇降機の位置を、方眼の升目《ますめ》に沿って書き加えたのだろう。

ベルカナンが感心したような声を漏らした。

「念入りだねえ……」

「そちらではしていないので？」

「えと、僕は、その……」ベルカナンは恥ずかしそうに俯《うつむ》いた。「……覚えて、なくて」

それに未探索の領域になんか、今のメンバーで挑む事はほとんど無い。

イアルマスのやつが、一人で何か忙しそうにしているからだ。

――……何を探しているんだか。

知った事ではないが、そのせいで足踏みをしている事に思うところはなくもない。

ただまあ、別に彼女は、あの薄気味悪い黒衣の男に引率されているわけでもない。

あの男がいなければ――そしてララジャがいなければ――先に進めない、だなんて。

――そんなのは、ごめんだ。

自分たちは添え物でもなければ、お付きの従者でもなんでもないのだから。

「ｗａｆ！　ｗｈａｈ！」

いい加減しびれを切らしたガーベイジが、すぐそこの曲がり角の前で吠えている。

さしあたって――……。

「まずあの残飯に、最初の一部屋をやってから帰るってのを仕込まないとね」

「あ、あはは……」

ベルカナンの引きつった笑いを背景に、地下四階探索の第一歩はこうして踏み出された。

§

「ｇｒｏｗｌ‼」

勢いよく扉を蹴破って、小柄な影が一声吠えて飛び込んでいく。

あの細く華奢《きゃしゃ》な体の何処にそんな膂力《りょりょく》があるのだろう？

のそのそと後に続くベルカナンの大きな尻を見ながら、オルレアは独りごちた。

「敵は⁉」

「見えませぬが……」シャドウの緊張した鋭い声。「いや、おりました！」

雪崩を打つというにはもたもたした冒険者たちの動きは、しかし先手を取るには間に合った。

「ｗｏｏｆ……！」

気炎を発するガーベイジを中心とし、残り五人は不慣れな連携でもって陣を組む。

対峙《たいじ》するのは、玄室の闇の中に蠢《うごめ》く何か。恐るべき怪物。化け物。いや――……。

「う、うさぎ？」

間の抜けた声を上げたのは、恐らくシャドウウィンドだろう。

オルレアとベルカナンは、先だっての探索で、既にそれを見たことがある。

本当に、それはもう、真実、ただの白いウサギとしか言いようのない生き物。

迷宮での隊列とは怪物にも適応されるものらしく、群れの先陣に、それが立っていた。

何匹だろうか。三匹、四匹。迷宮である事を除けば、牧歌的にも思える光景。

「わ」とベルカナンが声を漏らす。「飛んで、噛んでくるよ、あれ……」

「まあ、怪物なのはそうよね。……そこまで強くないけど」

「なんだか、拍子抜けですな……」

地下四階の恐るべき怪物との戦い。それを想定していただけに、出鼻を挫《くじ》かれたようだ。

だがしかし、怪物は怪物。殺して、財貨を奪うために此処まで来たのだ。

気が緩みつつも、冒険者たちの行動方針に変わりは無い。

「ｗｏｕａａｈ!!」

ましてやガーベイジである。

背に負うた宝剣ハースニールを振り翳《かざ》し、白い獣の群れへと飛び込んでいく。

遅れじとシャドウウィンド、そして最後にベルカナンがもたもたと続き、戦いが始まった。

「後続は見えませんけれど」

「呪文は温存でしょうか」

「ええ。……まだ何かあるかわからないもの」

控えている呪文使い三人もまた、冷静に戦場を見て判断を下す。

此処は地下四階で、迷宮には徘徊する怪物《ワンダリングモンスター》とている。

帰路、想像を絶する未知の化け物と出くわす可能性を考えれば、温存一択だ。

よって、もちろん危うしとなれば術の解禁も辞さないが、ひとまずは呪文はなし。

まあ、もっとも、あんなウサギ風情に後れを取る冒険者などいるまいが……。

「えい、や……っ」

「hanggg!!」

ベルカナンの鼻にかかった気の抜けた声と、ガーベイジの咆吼《ほうこう》。

竜殺しの魔剣とハースニールが一薙《な》ぎされる度、きゅいきゅいと悲鳴を上げてウサギが死ぬ。

シャドウウィンドは一瞬その光景に目をやり、「よいなあ」と手元の武器を見下ろした。

自分とて、ああいう、何かこう、名のある……武器を手にしたいものだ。

「よし、それがしも……！」

彼女は意を決して、その手に持った短剣を構え、ウサギへと間合いを詰め――――……。

「あ」

と思った瞬間には、そのウサギが跳んでいた。

そりゃあウサギだから跳ねる。そんな思考が、現実に追いつかない。

視界いっぱいに、ウサギの前歯、異様に鋭いそれが広がり、迫り――――……。

「おッ、う⁉」

激痛が喉元を襲い、シャドウは間抜けな濁った声を上げ、もんどりうって転げた。

喉を食い破られたのだという事にも、気づけない。

「ぉあ、あ、ぉおッ　お、ごぉ……ッ!?」

ごぼごぼと血泡《ちあわ》を吹きながら、自分の血で溺れてのたうつ様に、一行の動きが止まった。

「え、う、うそ……っ!?」

「ａｒｆ!!」

呆然《ぼうぜん》とするベルカナンに対して、ガーベイジの動きは速い。

赤毛の娘は飛び下がるようにしてシャドウの傍に移ると、その体を足蹴にしたのだ。

どっと後方に蹴飛ばされ転がされる負傷者。その意図を、オルレアはわかっていた。

もうガーベイジは此方に背を向けて、うさぎどもの相手へと戻っている。

「ラーム！　サーム！」

「はい」と双子が声を重ねたのを無視し、オルレアはシャドウウィンドに駆け寄った。

「お、ごぉ……げぼっ　おぁあ゛ッ」

死んで――無い！

致命的な一撃《クリティカルヒット》ではなかったのだ。カドルトの神に感謝を。

訳もわからず目を見開き身を痙攣《けいれん》させ、首を押さえて喘《あえ》ぐシャドウウィンド。

オルレアは包帯に覆われた両手が赤黒く染まるのも厭《いと》わず、その傷口に手を重ねる。

「《ダールイ　ザンメシーン》《生命の力よ》……！」

癒やしの祝禱《しゅくとう》を希《こいねが》う祈りは、真言《トゥルーワード》となって天に届いたらしい。

《薬石《ディオス》》がもたらすささやかな癒やしは、それでも命を繋ぎ止めるには十分過ぎる。

そしてオルレアが奮闘している間に、ラームとサーム、赤と青の双子が動いた。

二人はその両手を呪術的な動きで閃《ひらめ》かせながら、囁くような声を交わし合う。

耳に聞き取れぬようなそれが輪唱のように木霊《こだま》して、形となったその時。

「《ダールアリフラー　ターザンメ》!!」

《吹雪《ダルト》》の呪文が、驚くべき威力——《凍結《マダルト》》に匹敵する暴威となって荒れ狂った。

ウサギたちの毛皮に瞬く間に霜が降り、生きながら氷像と成り果てては砕け、滅びていく。

ベルカナンが「わ」と驚きに目を見開き、ガーベイジもまた「ｙａｐ!?」と声を上げる。

ひとつの呪文を完璧なタイミングで重ね合わせ、その効果を向上させる絶技。

かつてベルカナンらが火竜と戦うときにも見せた技だが、それをオルレアは知らない。

わかっている事は、ひとつ。

この呪文が決定打となり——……彼女たちは戦いを生き延びた、という事だ。

§

「うぇ……えっ……ひ、ぃ……ひぅ……ッ」

「ｗｏｏｆ……」

自分が九死に一生を得た事がまだ信じられず呆然とするシャドウに、ガーベイジが鼻を鳴らした。何をやっているんだかと、どこか呆《あき》れた風でもある。そのまま、とっとこと走って行ってしまう。

「大丈夫……かな？」

「宝箱でも探しに行ったんでしょ」

おずおずとしたベルカナンの言葉に、オルレアは声を尖らせて応じた。

「そうじゃなくて……」という弱々しい反論にも、特に応えるつもりはない。

傷は塞いだ――完璧ではないが――死んではいない。なら、大丈夫でいてもらわないと困る。

盗賊の仕事はこの後が本番なのだ。

オルレアはじろりとベルカナンを下から睨みつけた。忌々しい胸の向こうで、瞳が怯えて揺れる。

「あんたは？」

「え、と……」

「怪我《けが》」

「あ、う、うん。僕は……へーき、だよ」

「そ」

聞きたいことは聞いた。残飯もあの調子なら大丈夫だろう。

オルレアはそれ以上ベルカナンの言葉を聞かずに、すたすたとノームの双子の方へ向かう。

彼女たちは相変わらず、ひそひそと二人で囁き合っては、くすくすと笑っていた。

そのぼんやりした瞳が此方を向いた。四つの、色が互い違いな瞳。違う生き物のような。

「私たちは」

「怪我一つなく」

「宝箱の中身が楽しみですね」

「良いものが入ってると良いんですが」

そうして彼女たちはまた、ころころと鈴を転がすように笑う。オルレアは仏頂面で頷いた。

「さっきの呪文、《吹雪《ダルト》》なんて使えたんだ?」

「嗜《たしな》みです」

「私たちの」

「そ」

オルレアは似たような相槌《あいづち》をさっきもしたなと思って、舌打ちをした。

そういう事が言いたいんじゃあないのだ。いつも……いつも。

「良い判断だったと思う」

どうにかそれだけを絞り出した。ぶっきらぼうに、投げつけるようにだ。

赤と青の姉妹が互いに顔を見合わせた以上の表情を、オルレアは確認しなかった。

「ｗｈａｈ！　ｗａｆ！」

向こうから元気の良いガーベイジの吠え声が聞こえて、彼女が宝箱に片足を乗せていたからだ。

ラームサームに言うだけ言って踵《きびす》を返したオルレアは、まっすぐにガーベイジの方へ向かう。

――ほんっと、こういう嗅覚は良いのね。

呆れと、感心半分。真似できるとも思わないし、真似したいとも思わないが。

「ほら、盗賊。仕事の時間よ」

「うぇ……えぇ……っ」

「宝箱を開封しなきゃ、何のために此処に来たんだかわかりゃしないじゃない」

「あぅ……ま、またぁ……？」

何が『また』なのか。以前にもこういう事があったのか？

――……だとしても。

そんなのは自分だって同じだ。自分たちだって、そうだったのだ。

生きている以上、そんな泣き言をオルレアは許したくはなかった。聞きたくなかった。

ベルカナンの目が、せわしなく自分とシャドウウィンドの間を行き来しているのがわかる。

これ以上何も言いたくなくて黙っていると、やがてシャドウウィンドはグズグズと動き出した。

「うぅ……っ」

宝箱に彼女が向かうのを見て、オルレアはほっと息を吐いた。

――ララジャなら。

きっと怪物に噛まれたって、一言二言毒づいた程度で、文句も言うまい。

そこまで考えて、オルレアは僅かに首を横に振った。

別に二人を比較して、イジメたいわけじゃない。そこまで底意地の悪いつもりはなかった。

大して変わらないなと、自分に呆れながらではあったけれど。

「waf！　alf！」

「……ほら、あんたは大人しくしてて。ララジャじゃないんだし、邪魔すんじゃないの」

「yap⁉」

この残飯の首根っこを摑んでおいてやる事には、感謝してもらっても良いんじゃないだろうか。

§

――毒針、かなぁ……。

シャドウウィンドはひたすら宝箱の周りを丹念に観察しても、あまり自信が持てないでいた。

此方に来てからすでに幾度か宝箱の開封を行ってはいたが、それでもだ。

地上で、郷里で、訓練として相手取っていた長持《ながもち》の錠前や仕掛けとは、何もかも違う。

あの頃相手をしていたものなら、鋸《のこぎり》で箱の外側を切って中身を出してしまう手だって使えた。

なのにこの迷宮で出てくる宝箱は、とてもではないが、単なる箱とは思えない。

怪物との戦いも人を殺すのとはまるで勝手が違う。シャドウウィンドは、深々と息を吐いた。

――あの時。

目の前にウサギの牙が迫った瞬間。ほんの数分――数時間？――前の、あの光景。

死ぬかと思った。首を刎《は》ねられて、一瞬で。けど実際は、もっと長くて、痛くて、怖くて。

思い出すだけで心臓がバクバクと脈打ち、息が詰まる。泣き叫んで逃げ出したくて、手が震えた。

自分ではどうしようもできない事。怖いというのは、まさにそれだ。

ひぃ、ひぃと泣き声が漏れそうなのを堪えながら、シャドウウィンドはそっと短剣を抜いた。

蓋を僅かに持ち上げた時に抵抗があったから、蓋と箱を繋ぐ部分に仕掛けがあるのは確か。

なら、後はそれを上手く……紐《ひも》か何かを切ってやれば良いのだ。だいじょうぶ。できる。

薄く開けた隙間に刃を通し、慎重に、慎重に、滑らせていく。こわくない。こわくない。

ぴっと音がして、何かが裂ける音がした。

「あ」

――紐じゃない。

§

轟音《ごうおん》と閃光《せんこう》、熱、衝撃。

「きゃ、あ……ッ!?」

オルレアの小さい体は軽々と宙を舞って、どすんと柔らかく重たいものに激突して転がった。

自分がぶつかったのがベルカナンだと気づいたのは、もうもうと立ち込める粉塵《ふんじん》の只中《ただなか》。

いや、正確にはすぐにはわからなかった。わけもわからず、バタバタと手足を振り回したのだ。

「わ、わ……ァッ　だ、だい……じょぶ？　大丈夫……っ？」

そんな自分を、わたわたと慌てながらも、彼女の大きな体が自分をぎゅっと抱き締めてくれる。

それでやっとオルレアは自分がベルカナンに守られている事に思い至って、息を吐いた。

「耳が、ジンジンする……けど、平気。そっちは……？」

「僕は、えと……うん」頭の上で、頷く動き。「へーき。ドラゴンほどじゃ、ないから」

オルレアはそれ以上何を言うのも気恥ずかしく、「ん」とだけ呟いて身を起こした。

玄室の中は熱気と、粉塵。煙。思わずこほっと咳《せ》き込みながら、オルレアは周囲を見回した。

「生きてる？　死んだ？」

他のメンバーの姿が見えない。だが、それを何よりも確認しなければならなかった。

心配だからではない。これからの帰路の生存率に直結するからだ。

掠《かす》れた声で呼ばわると、じりじり痺《しび》れる耳に、辛うじて「ｙｅｌｐ！」という声が届いた。

呆然――驚きを顔いっぱいに表現したガーベイジが、転がっていた床の上から起き上がった所だ。

彼女の腹の下――といって良いのか――には、小柄な青と赤の外套《がいとう》姿が二つ。

「……すみません」

「助かりました……」

「ｗｈｉｎｅ……」

たまたまか、偶然か。まあガーベイジなら、どちらもあり得る。

あの野良犬は群れの中で自分が一番強いと思っている手合いだ。残飯なりに、面倒見は良い。

とすると、後は――……。

「シャドウ？　シャドウウィンドド？」

宝箱の開封をトチった盗賊だ。

ララジャならこんな事はなかった……忌々しいが、だからといって罵《ののし》る気もない。

事故は起こるものだ。宝箱の開封が常に確実に上手くいくわけがない事は、骨身に染みている。

それよりも何にしたって、今後の方針を決めねばならない。彼女の意見、存在は必要だ。

――といっても、帰還しかないけど。

オルレアはそう結論付けて、じりじりと熱く焼けた石床の上を、ふらふらと歩いた。

ほどなくして、煤《すす》けた玄室の片隅に、蹲《うずくま》るようにして横たわった黒い影を見出した。

そこにあったのは、首をありえない角度に捻じ曲げて、がくがくと痙攣する少女の姿。

シャドウウィンドは死んだ。

§

「……で、どうするの……?」

満身創痍《まんしんそうい》と言っても良かった。

あちこち体中を煤けさせ、火傷を負い、痛みと疲労で集中力《HP》なんてほとんど無い。

そんな状態でもベルカナンの声が平素と変わらぬか細さなのは、いっそ図太いのでは。

オルレアは半ば現実逃避気味にそんな事を考えながら、黙り込んでいた。

すでにシャドウウィンドの亡骸《なきがら》は、遺体袋に収納されている。

ラームサームは慣れた手つきで彼女の体を清め、手際よくその作業を済ませていたのだ。

この娘の体を引きずって、上まで帰る。正直考えたくもないが、考えねば死ぬ。

「……何にしても、死んだのがこの子だけだったのは幸運よね」

きっと直前の戦闘での消耗が響いたのだ。そうでなければ、受け身は取れたかもしれない。

若干の罪悪感と責任、かつての解錠役だった頃の記憶。ぐるぐると渦巻いて、吐きそうだった。

――吐いてどうすんのよ。

吐いて泣きわめいて蹲ってどうにかなるなら、もっと前に全て解決してる。

こんなあたしに神が司教の職能を認めたのはなぜだろう？

オルレアは唇を噛みながら、もう一度繰り返す。幸運だったのだ。五人も生き延びてる。

「ベルカナンと残飯、それとあたしで前に出るから、ラームとサームはそいつ引っ張ってくれる？」

「わかりました」

「おまかせします」

――まあ、これ以外に無い。

双子が素直に聞いてくれるのがありがたい。

そのまま彼女たちをシャドウウィンドごと後列に下げ、オルレアは前に出る。

手には杖《つえ》と盾。いずれも使った試しは無い。胸当てはシャドウウィンドのものを引っ剝がした。

死人は鎧《よろい》を着る意味が無い。悪く思う事もない。サイズがちょうど良くて、笑ってしまった。

「……大丈夫？」

「ん……」

その引きつった笑みが、よっぽど心配だったのだろう。

ベルカナンがその巨体を縮こまらせて、オルレアの顔を覗き込んだ。

オルレアは無理くり唇を釣り上げると、「馬鹿言わないで」と声を尖らせた。

「あんたにできるんだから、あたしにだってできるでしょ」

「……うん」

「だいたい、臨時の前衛なのよ？　あんたたちが片付けるの、期待してる」

「……うんっ」

——わかりやすいやつ。

急にやる気を出して「頑張るからね！」と竜殺しの剣を持つ様は、頼もしいやら心配やら。

そうなると、あとの問題は……。

「……あんたか」

「ｗｈｉｎｅ……」

もう終わったのかと、至極退屈そうな顔をした赤毛の野良犬、ガーベイジ。

つくづくこいつがハースニールを持っているのが信じられない。

全身焼け焦げていて、火傷もしている。他の面々同様、体力気力は大きく削《そ》がれていよう。

もちろん全員に治療はしたが、オルレアの術にだって限りはあるのだ。

だからこのままで行ってもらうしかない。

ただ――……。

「上に戻るわよ。良い？」

「ｗａｆ！」

「上に、戻る。帰るの。わかってる？」

「ａｌｆ！」

「ほんとに伝わってんのかな……」

「ｗｏｏｆ！」

だが伝わっている事にしないと、これから先どうしようもない。

だからオルレアは半ば自棄気味に、伝わっている事にして、話を終わらせた。

「それじゃ、行くわよ。地図は……」

「私たちが見ます」と双子が言った。もうひとりが続けた。「部屋を出たら、まず北へ」

「ん、りょーかい……」

そろそろと、先ほど蹴破った扉の上を踏み越えて廊下に出る。左右を窺《うかが》う。緊張の一瞬。

「敵はいない……ね？」

「ｗｈｉｎｅ……」

もちろん迷宮の薄暗がりは、そう遠くまで冒険者に視界を許したりはしない。

《光明《ミルワ》》の呪文があれば別だが、それに使えるほどの余裕は今の彼女たちにはない。

何しろ――最初からそうだと言えばそうだが――純粋な前衛はガーベイジただ一人だ。

想定外の事態に際して、切れる手札は呪文しか無い。

軽々しく切れるものでもないのだ。

――まだキャンプして救助を待つほどじゃあないけど。

それをしなきゃいけないというのは、考えたくもなかった。

イアルマスはともかく、ララジャに助けてもらうというのは、我慢がならなかった。

向こうが上、こっちが下だなんて。

「……で、北よね？」

「どっちだろ……」

「あちらだと」

「思いますが」

ガーベイジは何となく状況を察しているのか、一言もいわず黙って周囲を見張っている。

来た時と反対の向きを向いているだけなのに、迷宮はまるで全く違う景色を見せてくる。

往路を逆に辿《たど》っていくのにもかかわらず、まったく知らぬ場所を彷徨《さまよ》っているようだ。

そのせい――というわけでもないだろう。

運が良かった。あるいは、悪かったのか。誰が、という事も特に明言はしまい。

行きの時に踏まなかったタイルを、たまたま誰か一人が、踏んでしまった。その瞬間だ。

「は？」

「ｙｅｌｐ⁉」

ぶぉんと微《かす》かに唸るような音と共に、世界がぐるりと捻《ねじ》れてひっくり返った。

胃の腑《ふ》を掴まれて握り潰《つぶ》されるような不快感と共に、ぎゅんと全てが裏返る。

気付いた時、彼女たちの目の前に広がったのは——正しい意味で、見たことのない迷宮の通路。

着地したガーベイジが獣さながらにバッと身を起こし、低く唸りながら四方を見渡す。

「おおっと……」

「……テレポーター」

そう呟いたのは、果たしてラームだったのか、サームだったのか、二人ともか。

「……嘘でしょ」

オルレアは、呻《うめ》いた。

§

「《ダーウーク　ミームアリフ　ペーイチェー》《衣よ広がり我が位を示せ》」

つい先程も聞いた双子による《所在《デュマピック》》の詠唱。

姉妹の片方が二回使ったのか、それとも一人一回ずつなのかはオルレアにもわからないが。

「……どのあたり?」

「だいぶ東の方ですよ」

「でも同じ階層ですよ」

二人がひそひそと、耳元で囁いてくる。オルレアは彼女たちが指す、地図の空白の一点を睨んだ。

——歩いて、帰れない距離じゃあない……。

途中に玄室があるかどうか次第ではあった。

確実に怪物がいるであろう玄室に踏み込むのは、現状では自殺するようなものだ。

通路を歩きまわって、見覚えのある場所に出れるかどうか……。

「……行ってみよ？」

不意に上から、遠慮がちな……でもすっと心のなかに入り込む、ベルカナンの声が落ちてきた。

「ダメだったら、その、ダメだった時だし。……助けてもらうのは、情けないかもだけど」

「…………」

——きっとたぶん、こういう所なのだろう。

オルレアは霞んだ片目で、この背の高い友人を見やった。

おどおど、びくびく、怯えていて、此方の様子を窺っていて、でもそれは気遣いでもある視線。

卑屈さと優しさの入り混じった目だ。それを見返し、ややあって息を吐いた。

「……立ち止まってるよりは、マシか」

「ま、まあ、その。キャンプする事になったら、立ち止まるんだけど……。えへへ……」

てれてれと緊張感のないベルカナンに胡乱な目を向け、オルレアは歩き出した。

——誰が悪い、という事でもないのだ。

ひとつひとつは、迷宮に入れば、いつかどこかで必ず遭遇する不幸。

それがただ、たまたま立て続けに重なっただけ。

運が悪い。そうかもしれない。けれど、それだけだ。それ以上では決して無い。

――サイコロの目で何が出るかというだけ。それだけで落ち込むのは、馬鹿のやる事だ……。

「ほら、ガーベイジ。もう行って良いわよ」

「waf!」

犬の散歩――というには、犬に頼りすぎているきらいはあるけれど。

ともあれ、ガーベイジを先導に、オルレアたちは未知領域の探索を進めていった。

経過時間は――どれくらいだろう。数分か、数十分、数時間か。数日……数週間、数ヶ月？

少し進んでは状況を確認し、地図と地形を見比べ、扉を避け、通路を進んでいく。

迷宮の中でも正確な方位を確かめるには、《所在》《デュマピック》の呪文を使うより他に無い。

だがそんな頻繁に無駄遣いできるほど、呪文というのは安易に行使できるものではない。

ではどうするかといえば、地図と、目に映る光景の比較だ。

うっかりと回転床を踏んでいたり、またぞろテレポーターに引っかかったらたまらない。

そうなると、この曖昧な認識の中で、自分の五感を頼みにするしかない……。

――イアルマスが宝石の指輪とか、あの忌々しい金貨を使うわけね……。

無い物ねだりができる程度には、つまり順調だったという事だ。

そして、ほどなくして――……。

§

「ａｌｆ！」

「あれ……」

ガーベイジの声に続いて、ベルカナンが目を瞬かせた。オルレアの霞んだ目には見えない。

少し近づいて、やっと青色が目に入る。僅かな冷気。これは——……。

「水たまり……」

「……でしょうか？」

「っていうより、泉だと思う」

「……皆どう見えてるのかしらね」

オルレアは、低く唸るように呟いた。

冒険者たちが行き当たったのは、水場だった。

一区画そのものが青い水に満たされているのか、池があるのか、水鉢でもあるのか。

全ては謎だ。だがいずれにせよ、水たまりと呼ぶべきなのだろう。

オルレアはそうっと水面を覗き込んだ。

彼女の目が霞んでいる事を差し引いても、水底は窺えない。

はたして、どれほどの深みがあるのか……。

「ｗａｆ！」

「引っ張らなくても落ちやしないわよ……」

ぐいと袖を引くガーベイジに悪態をつきながら、オルレアは首を横に振った。

何もわかりゃしない。顔に当たる冷気が、涼しくて少し心地よかったけれど。

「飲んでみます?」

「毒かどうかはわかりますよ」

「あのね……」

双子がクスクスと笑い合うようにして囁いてくる。オルレアは顔をしかめた。

だがまあ、一理ある事は確かだ。

次――あるとしたら――にまた此処を訪れる事を考えれば、調べる価値はある。

これから先に見覚えのある場所にまた出れるとは限らない。

キャンプする事を考えたら、間近に危険物があるのは……まあ、嫌だ。

しばらくうーっと唸るように悩んだ末、オルレアは荷物を漁り、そして舌打ちをした。

「ベルカナン、アレある?」

「え? あ、お鍋?」

きょとんとした後、意図を察したベルカナンは、鍔広帽を揺らして大きく頷いた。

「うん、あるよ。ちょっと待ってね、僕、ちゃあんと持ってきてるから……」

そう言って彼女は肩掛けの鞄《かばん》の中を、いそいそと調べ始めた。

彼女が肩から提げてるから小さく見えるだけで、その鞄の大きいこと大きいこと。

中には何でも詰まってるんじゃあないかとさえ思えてくる。

実際「んんしょ」と鍋が出てきた時、ラームとサームすら目を見開いていた。

野営用の小さな鍋でも、まるで魔法のように思えるから不思議だった。

「えと、掬《すく》うのも……僕がやろっか?」

「飲むのはやらなくて良いからね」

うん。ベルカナンが頷き、そうっと水たまりの水を鍋に掬い上げた。

――腐食とかはしないか。

ベルカナンには言わなかったが、鍋は健在。水の色も、臭いも、普通だ。

次にオルレアがやった事は、シャドウウィンドの死体袋を開ける事だった。

何をする気か察したベルカナンが、おどおどと落ち着かなさげに身動《みじろ》ぎをする。

「……い、いいのかな……」

「死体は怒らないもの」

中に横たわるのは、呆然とした顔を奇妙な角度に曲げた黒髪の娘の亡骸《なきがら》。

その白い肌に一滴、二滴と、ベルカナンの鍋から水を垂らす。

変化は――……無い。

幼ささえ感じる柔らかな肌は、ぴんと玉のように水を弾《はじ》き、産毛を濡《ぬ》らした。

きっと、死んでさえいなければ完璧だったろうに。

「……毒の類じゃなさそう。飲めるかも」

「水の心配だけは」

「しなくてすみそうですね」

「なら試してみる？」

双子に意地悪くそう問いかけてはみたけれど、返ってきたのは曖昧な笑みのみ。

しかしその笑みが、不意に「あら」と「あれ」に分かれて消えた。

「何か、浮いて……」

「……いる、ような？」

小さな双子がちょこまかと、水面の奥に目掛けてその小さな手を伸ばす。

落ちないでよね。オルレアはさっきの自分を棚に上げて、短く声をかけた。

「whah！　grr……！」

と、そこでまたガーベイジがぐいとオルレアの服の裾を引っ張った。

「何よ、あんた。まさか喉が渇いたってわけじゃ――……」

「……オルレア、ちゃん」

緊張に震えるベルカナンの声。それを聞いてまで理解できぬほど、鈍いオルレアではない。

何故って、ベルカナンは既にその手に竜殺しの剣を抜いているじゃあないか！

「woof……！」

「ホント、野良犬めいてる……！」

オルレアはようやく遅れて、不慣れな武器を構えて二人と同じ方向へ向いた。

背後で双子たちがどうしているのかは知らない。気にする余裕がない。
徘徊する怪物《ワンダリングモンスター》たち。
ついにそれとの遭遇――逃れられない戦いが迫りつつある、という事か。
いや――……。
――……逃げる事はできる、のか。
緊張にごくりと喉を鳴らして唾を飲みながら、オルレアは判断を改める。
玄室の時とは、違う。戦う必要も、殺す必要もない。逃げたって良い。
その選択肢を忘れた時こそ――本当に、死ぬ時だ。
「……っ」
やがて、それが通路の向こう、曲がり角の先から、姿を現した。
それは人型の生き物だった。迷宮の闇の中、浮かび上がるのは赤黒い人の輪郭。
先に遭遇した虚無僧《こむそう》たちを連想する。だが――明らかに違う。
鎧を着た男。そういう風に、オルレアには見えた。
「Ｗｏｕ！　Ｏｕｕｕｕｈ!!」
真っ先に飛び掛かったのはガーベイジだ。
彼女はハースニールを振り翳し、その白き刃で闇ごと男を切り伏せんとする。
「――――！」
斬、と。そう音が聞こえてきそうなほど、見事な一太刀だった。

オルレアの目には、怪物が両断されたかに見えた。そうでなくても大きな痛痒《ダメージ》だと。

「Ｅｅｋ⁉」

だが、ガーベイジの声がそれを否定する。

みちみちと音を立てて肉が盛り上がり、血を繋ぎ、皮が張って……。

斬り倒されたはずの怪物は、しかし平然と起き上がったのだ。

「アンデッド……⁉」

ベルカナンが恐れ戦《おのの》きながら叫び、竜殺しを携えてガーベイジの横に並ぶ。

彼女は実に鈍くてすっとろいが、巨体が生み出す踏み込み、その一歩は大きい。

えいやっと鼻にかかった気の抜けた声と共に、竜殺しが揮《ふる》われる。

結果は——やはり同じだ。

肩口から見事に打ち込まれた刃は怪物を切り払うが、すぐにまたゆらゆらと立ち上がる。

けれどそこでベルカナンが情けない声を上げる事はなかった。

「ガーベイジちゃん……！」

「ｗｏｕａｈ！」

良くやったと快哉《かいさい》するような吠え声。赤毛の娘は体勢を立て直し、飛び下がる。

その後を、ベルカナンがもたもたと追いかけて——……。

「神よ、生と死を司るカドルトの神よ。彼の物の呪われし軛《くびき》を外し、その魂を救いたまえ……！」

二人とすれ違うように、オルレアの祝禱が迸《ほとばし》った。

解呪《ディスペル》。聖職者なら誰もが心得ている、不死の亡者の呪いを解く祈り。

《退散《ジルワン》》とは似て非なる強烈な光芒《こうぼう》は、しかし――……。

「――――！」

「……やっぱり、ダメか！」

その怪物の前にあっさりと霧散して消え果てた。

いや、そもそもアレは亡者なのか？　オルレアは一瞬浮かんだ疑問を無視した。

――こんなの、相手してられない！

「撤退、逃げる！」

「yap！　yelp⁉」

「わ、わかった……！」

まだやれるとばかりに騒ぐガーベイジの首根っこを、ベルカナンが掴み取る。

前はこれで良し。後ろは――……。

「ラーム、サーム！」

「はい……！」

「……取れました！」

振り返った先、水に濡れた赤と青の双子の間に、ちらりと滲《にじ》む黄色。

彼女たちが何か水面から拾い上げたのだろう。

「なら、良し！　走って！」

はいという返事が、二重に木霊して響いた。

その後はもう、全員無我夢中だ。

ばたばた、どたどた。何処をどう走って、どの道を通って、どう曲がったのやら。

背後からは重々しい怪物の足音が執拗《しつよう》に追いかけてくる。

それが聞こえなくなるのが早いか、息が切れるのが早いか。

結局、全員が息が切れて走れなくなり、ぜひ、ぜひと喘《あえ》ぐようにして立ち止まった時。

背後からの足音は消え――……目の前には、昇降機の扉があったのだった。

§

「で、結局手に入ったのはそれだけって訳か」

キャットロブ商店。昼なお薄暗いその店の帳場に、かちゃかちゃと金属音が響く。

ララジャが宝箱の開封を行いながら、ちらと片目を上げてオルレアの方を見た。

「そうよ」

「……頑張ったんだけどねえ」

ぶっきらぼうに吐き捨てるオルレアの横では、ベルカナンが曖昧な笑みを浮かべている。

彼女の大きな掌が壊れ物を扱うように撫でているのは、赤と青の双子の背中だ。

いつも通りのぼんやりとした表情ながら、何処かしょぼくれているようにも見える。

その双子が大事そうに持っているのが――……小さく、黄色い、何かだった。

「ｃｒｏｒｆ……」

訳がわからないといった風に、ガーベイジがそれを横から突っつく。

奪い取らないあたりは彼女なりの自制心があるのか、それにしては手付きに遠慮は無い。

ぐぬぐにと指で押される度に形を変えては、離すと元に戻る。

「ｗｈａｈ！」

おお、などと目を見開いているあたり、単に面白がっているだけなのかもしれない。

「……なんだそれ、アヒル？」

「ええ、ゴムのアヒル」オルレアは顔をしかめた。「ゴムなんて初めて見たわよ」

「僕んとこでは、もうちょっと緩いのはあったけど……」

ゴムってこんなになるんだねえ、などと言っているベルカナンは呑気《のんき》なものだ。

いや、あえてそのように振る舞っているのかもしれない。

「……失敗でした」

「どうしましょう……」

なにせラームサームの当初の目的という意味では、随分と当てが外れてしまった。

寺院に放り込まれたシャドウウィンドの蘇生《そせい》代の話ではない。

当人の貯金から捻出されるだろうから、懐は痛まないのだそうだ。

灰にさえされなければ、そのうちにひょっこりと戻ってくる事だろう。

問題は——少しでも恩返しとして金を稼ごうとしての、この成果。

ゴムのアヒルなんてものが迷宮探索の役に立つはずもない。

外部の好事家《こうずか》にしても……これに価値なんて見出すのだろうか？

「キャットロブの奴も、値段がつけられないって言うもんね……」

ウチは溜《た》まり場じゃあないと苦々しげに言った店主は、店の奥に引っ込んだきり。

まあ狭い店内に、なんせ六人もいるのだ。無理もない話……。

ベルカナンの占有空間と、小型種族女子三人で、バランスは取れているのかもだが。

「ま、良いんじゃあないの？」

シューマッハに合わせる顔がないと落ち込む双子に、オルレアは刺々しく言った。

「地下四階の先行偵察。地図も少しできたし、役には立ったんじゃない？」

「……はい」

「ありがとうございます……」

「別に、お礼言われるような事は言ってないわよ」

ぶすっと唇を尖らせて、オルレアは言い返した。

ベルカナンがなんだか生暖かい目を向けてくるのも気に入らない。

第一——……こっちだって、まあ、いろいろと考える事は多いのだ。

成り行きとしてリーダーまがいの事を引き受けたけど、上手くやれたとは言えまい。

いや、結果的に生きては帰って来れたわけだが、それは結果であって、成果ではない。

戦闘でも探索でも、その他の部分でも、もっと上手く立ち回れたはずなのだ。

オルレアは帳場にもたれるようにして頰杖をつき、じろりと片目でララジャを睨んだ。

「……な、なんだよ」

「………あんたってさ。存外に考えてるんだなって」

「なんだそりゃ」

馬鹿にされたと思ったのか、ララジャは顔をしかめて宝箱に目を落とした。

まあ、そう思ってるなら思っていれば良い。こっちから何を言う事も無い。

そうして会話が途切れて、どれくらいか――……。

「yap！」

不意にガーベイジがきゃんと吠えたかと思うと、店の扉がベル音と共に開く。

現れたのは、うっそりと佇《たたず》む黒衣の男、黒い杖、陰気くさい顔……。

「イアルマスか」オルレアは唸った。「いらっしゃいませとか言った方が良い？」

「言いたければ言うが良い」

「じゃ、何しに来たの」

「買い物だ」

イアルマスはさして興味もなさそうにそう言って「それよりも」と薄く笑う。

「地下四階に行ったと聞いたぞ」

「耳が早いこと……」

確かにパーティの頭目ではあるが、直接の報告はしてないはずだ。

ララジャ経由で聞いたのか、それともシャドウの死体を放り込んだ寺院経由か。

後者の方がありそうな事だ。アイニッキは何くれとイアルマスに目をかけている。

両腕が揃って欠けて以来、あまり寺院の外で見かける事は無くなったが……。

「特に何か手に入れたとかはないわよ。変な怪物、水たまりと、ゴムのアヒルだけ」

オルレアは至極つまらなさそうな口調で、投げやりに言った。

だからその言葉が齎《もたら》した結果は、彼女にとってまったくの予想外だった。

「……なに？」

イアルマスの、目の色が変わったのだ。

彼はその長靴で床を蹴るようにして帳場へと迫ると、鋭く言った。

「水たまりと、ゴムのアヒルだと？」

「え、あ、う、うん。……そう、だけど」

「一応、地図には描いたよ。僕、写さしてもらったから……」

気圧《けお》されたオルレアが頷く横で、ベルカナンが「んしょ」と鞄から地図を引っ張り出す。

今日ここに来た目的の一つは、ララジャの地図帳にこれを結合するためでもあった。

見せてみろと言うイアルマスの言葉に素直に従い、その大きな紙が右から左。

ばさりと音を立てて広げられた地図の方眼を、イアルマスの目が鋭く辿る。

テレポートした先から昇降機までの道順は、大急ぎで駆け抜けたせいで空白のままだ。

だがテレポートのマスも、その行き先も、泉のマスも、離れた区画に記されている。

複数回使われた《所在《デュマピック》》の賜物《たまもの》だった。

しばらく往復するように視線を走らせたイアルマスは、小さく頷いた。

「ゴムのアヒルは?」

「ここに……」

「……ございます」

辿々《たどたど》しい口調で双子が言った。

彼女たちの小さな手には、それよりも尚小さな黄色いアヒル。

イアルマスはそれを認め、一瞬の間も置かずに口を開く。

「買い取ろう」

「えっ」

双子の口が異口同音に驚きを響かせた。

赤と青の瞳がきょとんと大きく見開かれ、イアルマスとアヒルとの間を行き交う。

オルレアは驚きこそしなかったが、呆れ半分、興味半分で身を乗り出す。

「なに、そんなに貴重な品なわけ?」

「泳げるならいらん。……が、俺も久々だからな」

相変わらず、イアルマスは何を面白がっているのか、よくわからない。

薄笑いさえ浮かべている黒衣の男を、オルレアは怪しげなものにしか思えない。

彼は躊躇《ちゅうちょ》無く腰の財布から金貨を一摑み取り出すと、双子に握らせた。

「冒険者には入り用だろう。地図の分も込みだと思え」

「え、あ……！」

「……りがとう、ございます！」

ラームサームが此処まで感情を露《あら》わにするのは、きっとそうある事じゃあるまい。

ゴムのアヒルと引き換えに手に入れた金貨は、彼女たちを大いに喜ばせた。

命を救われたみたいに幾度も頭を下げるのを、イアルマスは適当にあしらっているが。

彼は籠手《こて》に包まれた指先で数度アヒルを潰し、ぴよぴよと音を立てさせた。

そしてその結果に満足がいったのか、ゴムのアヒルをしまい込む。

「よし、支度をしろ。次は四階へ行くぞ」

「うぇ、マジかよ……」

ララジャは一声呻いたが、解錠道具をすぐに片付けにかかっている。

ベルカナンは「も、もう？」とまたあそこに戻るのに気乗りがしないらしい。

オルレアはといえば――……。

――どうなのかしら。

不思議と、心は薙《な》いでいた。無感動と言っても良い。そうか、行くのか、と。

それは単に乾ききってしまったのか、それとも慣れか、あるいは……。

――この面子《メンツ》なら別に良いかって事か……。

どれでも大して変わりはすまい。なら、良い。どれでも。

「前衛にだけは立たせないでよね」

「それは俺以外に言ってくれ」

イアルマスはオルレアからの要望に、低く笑って応じた。

そして最後に――赤毛の娘、怪物の食べ残し、金剛石の騎士を見やる。

「お前はどうする?」

「ａｌｆ!」

誰よりも力強く、ガーベイジは応えたのだった。

第六章
プール・オブ・クリアブルー・ウォーター

チンという場違いなまでに軽やかな音と共に、扉が開いた。

目の前に広がるのは、何処《どこ》までも代わり映えしない迷宮の通路。

だがそれでも、初めて降り立つ時には緊張感と昂揚《こうよう》とを覚える。

イアルマスはいつになく上機嫌に、地下四階の床を踏みしめた。

「もう少しかかるかと思ったんだがな……」

「ｗｏｕａａｈ！」

赤毛のガーベイジがハースニールを背負ったまま、勢いよくそれに続く。

その瞳は闘志に爛々《らんらん》と燃え、口元には獰猛《どうもう》な笑み。

やる気満々だな――などと、ベルカナンはぼんやり考える。

――こないだの、よっぽど気に入らなかったんだろな……。

さもありなん。この野良犬めいた友人がそういう性格なのは、もう百も承知だ。

そしてその気持ちが、わからないベルカナンではない。

ドラゴンほどの悔しさはないけれど――……それでも、やっぱり、気に入らない。

「僕も……頑張るね」

「ｗａｆ！」

その意気だとでもガーベイジが吠《ほ》えた。

仲良くなるのに重要なのはその意思であって、言葉ではないのかもしれない。

とはいえ――ララジャとオルレアはといえば、些《いささ》かげんなりした顔はしていたが。

「目的はその……変な水たまりであって、バケモンじゃねえんだろ？」

「あたしとしては何度も戦いたくないんだけど」

とはいえ――予感はあったのだ。

アレが何であったのかはともかく、この階層にまだいるという一点。

そして地下四階に降り立ったからには、必ずまたアレと激突するだろうという事。

――やだなぁ。

などとオルレアは思うのだが、隣のララジャは、既にそこからは脱したらしい。

地図を取り出し、方眼を確認。そして転移の罠《わな》のところで、指を止める。

「けど、テレポーターっておっかねえな……」

「帰り道がある事は保証されている。それに、二度目だろう？」

「何度もしてえ経験じゃねえって事だよ」

彼が気にしているのは罠による転移で、イアルマスとのやり取りに顔をしかめていた。

――……気に入らないな。

なんだかまるで、ララジャがいっぱしの冒険者みたいじゃあないか。

先達ての探索の時のシャドウウィンドや、自分の姿とつい比べてしまう。

そうすると腹の奥底がムカムカしてきて、その勢いに任せてオルレアも口を開いた。

「行く前も言ったけど、また前衛させられるのはごめんだからね」

「後方から不意打ちされた時の責任は俺にはないぞ」

イアルマスがそう言うという事は、後ろに下がるなら背後に気を配れという事か。

オルレアは思い切り顔をしかめて舌打ちをし、「わかってるわよ」と声を尖《とが》らせる。

「じゃ、ララジャとベルカナンが転げないよう祈っとく事にするわ」

「いや……」

皮肉は、イアルマスの思考によって妨げられた。

「今回は俺が前衛をやる事にする」

珍しい事も、あったもんだ——……。

§

ちゃりんちゃりんと金貨が石畳に弾み、するすると糸によって手繰り寄せられる。

《這いずる金貨《クリーピングコイン》》。

イアルマスによるその工夫は、ララジャもいつしか模倣する事が増えた。

初めて見た時は馬鹿馬鹿しいと思ったけれど、今となっては笑えない。

「ｗｏｏｆ……！」

ガーベイジでさえ、今回は大人しくそれに付き合っている。

——まあ、こいつの場合は絶対またしばらくしたら忘れそうだけどな。

何せこの娘が転移で吹っ飛ばされたのは、ララジャの知る限り三度目だ。

一度目については、まあ、ララジャにとってもバツの悪い思い出ではあるけれど。

それでもケロッとして迷宮に突っ込んで玄室の扉を蹴破るのだから、たいしたものだ。

——とか言うと絶対調子に乗るから言わねえが。

言葉が通じないわりに、そのあたりの機微には聡《さと》い娘だ。

「ｙａｐ！」

「何でもねえよ」

ほらみろ。底知れぬ青い湖のような瞳が、ちらと此方《こちら》に向けられる。

ララジャはひらりと手を振ってそれを追い払い、思考を地図と、迷宮の光景に向けた。

「で、その水たまりが何なんだよ」

「実際に見ていないからな。断言はできんが……」

手繰り寄せた金貨をまた次の石畳へと投げながら、イアルマスは肩を竦《すく》めた。

「青い水だったのだろう？」

「まあ、そうね」オルレアがちらちら背後を気にしながら言った。「あたしはぼんやりだけど」

「ん、僕、ちゃんと見たよ」

つまり問われてるのは自分なのだなと、ベルカナンが一拍遅れて頷《うなず》く。

んと……と指先を唇に当てて考え込む。

年齢相応のあどけない仕草だが、その体格では何処か滑稽な佇《たたず》まい。

「ガーベイジちゃんの……目の色みたいだった」

「ａｌｆ？」

「うん、そう。綺麗《きれい》な青い色……」

呼ばれたと思ったガーベイジが見上げるのに、ベルカナンはにこにこと頷く。

なるほどなと、イアルマスが笑った。

「それは良い。確度は上がったな」

「だから何なんだって聞いてんだけど……お」

「む……」

ララジャの言葉が途切れ、イアルマスもまた黙る。

イアルマスの手から離れて石畳の上に転がった金貨が、不意に音もなく消えたのだ。

糸を手繰り寄せても、すっぱりと切れていて、金貨は戻ってこない。

「此処《ここ》だな。地図はどうだ？」

「間違っちゃいねえ……と思う」

ララジャは一見して何の変哲も無い迷宮の通路と、地図とを見比べた。

地図の上では、通路は突然途切れている。オルレアたちの通った軌跡。

「つか実際見たのはベルカ……ナンとオルレアだろ。どうなんだよ？」

「あたしはよく見えないもん。ベルカナンに聞きなさいよ。それか残飯」

「うぇっ。ぼ、僕？　そう言われても……自信ないよう……」

爆弾の後だったし。ベルカナンは帽子の鍔《つば》に隠れるようにして、しどろもどろ。

ただ実際、迷宮は何処をどう見たって似たような景色ばかりだ。

前に通った場所かどうか、なんて……はっきりとわかるものではない……が。

「ｓｐｉｉｉｔｔｔ……」

ガーベイジがひくひくと鼻を動かした後、低く唸《うな》るようにして警戒を露《あら》わにした。

どうやら彼女にとっては間違いないようだが――……。

「ふむ」と宝石の指輪を翳《かざ》したイアルマスが頷いた。「座標もあっているな」

「最初からそれ使えよ……」

「地図と、見た景色と、座標と、全部揃《そろ》わんと正確とは言えんよ」

そう言われてしまえば、仕方が無い。実際そう、間違ってもいないのだ。

黒衣の男は軽く笑って、ひょいとテレポーターの床を踏み、姿を消す。

「ｗｏｕａｈ！」と一吠えしてガーベイジ。その後に、おっかなびっくりベルカナン。

ララジャはまじまじと、その奇異な床を見下ろして立ち止まった。

「……これってさ。片足乗せて立ち止まったらどうなんだ？」

「馬鹿なこと言ってないでさっさと進んで」

後ろから小突かれて、渋々進む。

ぐるんと世界が裏返るような、自分がねじ曲げられるような感覚。

そして果てしない高さから何処までも落ちていく――そう思った次の瞬間。

「う、お……と、と」

ララジャは、先ほどまでと変わらない、しかし明らかに違う景色の中にあった。

足下には、糸の切れた金貨が転がっている――……。

§

「さて、次は？」

「こっちだったと思う……けど、どうだろ……」

「あたしに聞かれても困るって言ってるじゃない」

「地図はあってっと思うけどな」

「ｗａｆ！」

――不思議だなぁ。

ベルカナンは駆け出すガーベイジの後をとことこ――のつもり――追いながら、思う。

前回の探索の時は、こんなに賑《にぎ》やかじゃあなかったと思う。

もちろん状況が状況だったたし、それはそうなのだけれど……何か、違う。

イアルマスがいるから？　ララジャ……くんがいるから？

どうも、それだけとは思えない。

思えないのだが……。

「……へへ」

「何笑ってんのよ」

「あ、ううん、何でも無い……何でも無いよ？」

「気味悪いわね……」

――……なんか、良いな。

慌ててぱたぱたと小さく――大きく――手を振りながらも、ベルカナンは嬉《うれ》しかった。

こういうのが、仲間とか、友達とか、そういうのかもしれない。

はっきりと言葉にしてしまうのも――また違うのだろうけれど。

§

糸を結び直した金貨を投げて、手繰り寄せ、また投げて。

その繰り返しをどれくらい続けたかはわからないが、それでも終わりは来る。

何度目かに投じられた金貨は、ついにぽちゃんと水に落ちた。

イアルマスは無言のままに糸を手繰りよせ、頷く。

「此処《ここ》か？」

「みてえだな」

ララジャが地図を見て応じ、それを受けてイアルマスはまた宝石の指輪を翳す。

宝石に封じられている《所在《デュマピック》》の呪文は、何度行使しても消えない。正しく、永久のもの。

「便利だなぁ……」

思わず溜息《ためいき》を漏らしたベルカナンを、じろりとオルレアの一つきりの瞳が睨《にら》む。

「あんたも早く《所在《デュマピック》》覚えなさいよ。初歩じゃない」

「……オルレアちゃんだって覚えてないじゃん」

「あたしは司教としての勉強もあるから別にいーの」

拗《す》ねたように唇を尖らせるベルカナン。その腰より下で、オルレアは鼻を鳴らした。

「それより、剣構えといたら？　こっちの残飯はもう唸りっぱなしだし」

「ｃｒｏｕａｈｈ……！」

迷宮の闇の中、すらりと輝く白い刃。ハースニール。

それを構えたガーベイジは、牙を剥《む》いて今にも飛び掛からんばかりに周囲を睨んでいる。

ベルカナンはそれを見て、大慌てにわたわたと、自分も竜殺しの剣を引き抜いた。

が――……。

「……徘徊する怪物《ワンダリングモンスター》が、そう狙い通りにやってきてくれるわけもねえんじゃねえか？」

短剣を携え油断なく周囲を睥睨《へいげい》するラジャの言うことも、もっともなのであった。

前回たまたまこの水場近くで遭遇しただけで、必ずそこにいるという事もなかろう。

迷宮の中での時間感覚は、曖昧だ。

じりじりと待つ時間が一秒でも、それは一時間、一日にも感じられる事がある。

ただ座して待つというのは、ひどく……骨が折れるというか。

「探し回った方が良かないか、イアルマス」

「正直、考えている所ではある」

いつぞやの赤の竜同様に、それらしい区画を探して歩いて回るか、否《いな》か。

思案するイアルマスは、ただ自分の思考をそのまま口に出すような様子だった。

「この水たまりを調べてる間に邪魔をされては事だからな。……ああ、いや……」

だが、それで何か思い至った事があったらしい。

彼はぐるりと首を巡らせて水たまり、あるいは泉の方へと向き直る。

深く澄んだ、青い水を滾々《こんこん》と湛《たた》える水場。水面。そこに映る、黒く陰鬱《いんうつ》な男の顔。

「調べたら、邪魔をしに来る……か」

「そりゃ、まあ……前も触ったら、出てきたけど」

オルレアは用心しいしい言った。ベルカナンに水を汲《く》ませたのだ、確か。

「……そんな事、あるの？」

「亡霊《ゴースト》めいた手合いなら、ありえん事もないだろう」

まるで知り合いの事を語るように言ったイアルマスは、周囲を見回す。

準備をしておけと、その言外の指示を受けた冒険者たちは、各々《おのおの》の装備を構えた。

そしてイアルマスがその手を水に浸す。とぷん、という微《かす》かな音。そして。

「――――――……！」

そして、それが来た。

重々しい足音。赤黒い影。人型の生き物。鎧姿《よろいすがた》の男。

迷宮の奥の薄闇の彼方から迫り来る――徘徊する怪物《ワンダリングモンスター》。

いや、あるいは……この水場を守る何か。

「groaaaaaaarrr!!」

真っ先に飛び掛かったのは、やはりガーベイジであった。

彼女はハースニールを振り翳し、その剣風を刃にかえて、真っ向から叩《たた》き付けたのだ。

「――!!」

その結果は、しかしやはり先と変わらない。

男の体は確かに両断されたにもかかわらず、しかしゆるゆると立ち上がり、蠢《うごめ》く。

「え、や……っ」

「woof!!」

だが、それはガーベイジとても知っている。

彼女はベルカナンのへっぴり腰の斬撃にあわせ、位置を譲るように飛び下がった。

今度は前回のようにはいかない。あのどかんというやつで受けた傷もない。

自分を馬鹿にするような手合いは生かしてはおかない。

その意気がハースニールに伝わるかのように、退魔の剣は煌々《こうこう》と燃え上がる。

「hanggg……!!」

さらに、もう一撃。

見舞われたそれは首を刎《は》ねるが如《ごと》き勢いで、やはり男の喉を両断した、が――……。

「――……！」

やはり、死なない。

男は明らかに致死の傷を負ったにもかかわらず、動き続け、雑に横殴りに剣を揮《ふる》う。

「ａｌｆ!!」

「や、っぱり……アンデッド……!?」

「でも、解呪《ディスペル》は効かなかったのよ！」

飛び退《の》いた前衛二人に、オルレアがきんきんと甲高い声で叫び返す。

物理でダメとなれば呪文だが、オルレアの手持ちでは、さて、どれが通じる？

思案する彼女の横で、明確な答えを一つ知っているララジャが問うた。

「イアルマス、例の……なんとかって呪文は!?」

「さて、どうかな……」

そう嘯《うそぶ》きながらも、黒衣を翻してイアルマスは呪印を片手に結んだ。

「《ゼーイラー　ウォウアリフ　ヌーン》《あまねく亡者よ光輝の前に散体せよ》!!」

《退散《ジルワン》》の白光である。

それそのものが太刀であるかのように空間を薙《な》いだ閃光《せんこう》は、怪物の胴を断ち――……。

「――!!」

「やはりな……」

斬《き》らない。

それはただの光であり、なんら一切の痛痒《ダメージ》を怪物には与えなかったのである。

だが、イアルマスの顔に驚きはない。予想していた事だ。

「オルレア、お前の見立て通りだ。あれはアンデッドじゃあない」

「なら、何だってのよ……！」

「それを確かめねばならん」

イアルマスは落ち着き払って、ゆっくりとその黒杖《くろづえ》に手をかけた。

刃を引き抜く。黒　漆《ブラックジャパンド》の鞘《さや》を払い、細身の騎兵刀《サーベル》を握りしめる。

「よく見ていろよ」

そう言い置いて、イアルマスは迷宮の通路を駆け抜けた。

体重移動を伴わない奇怪な歩法で瞬く間に間合いを詰め、刀を一閃《いっせん》。

鎧姿の男はそれに打ち合おうとする素振りを見せたが、その動きは緩慢。

いや、稚拙《ちせつ》だ——とララジャには見えた。

イアルマス、セズマール、アイニッキ、ゲルツ。

赫奕《かくやく》たる技量を持った剣士たちを目の当たりにしてきたララジャには、それがわかる。

自分が打ち合えるかどうかはともかくとして、奴の技量は、然程《さほど》ではない。

それに、何か、見覚え……が——……。

「あ」

声を上げたのは、ララジャとオルレアが、ほぼ同時。

「回復の指輪盗んだ奴……！」

「あいつ死の指輪首から下げてる……！」

思わずガーベイジとベルカナンが揃って振り返った。

とんと石畳を踏んで距離を取り、元の位置に戻ってきたイアルマスは、違う。

彼は刀の切っ先をゆるく敵に向け、油断なく構えながら、振り向きもしない。

「なんだ、知り合いか？」

「いや、知り合いじゃねえけど……」

「死の指輪は間違いないわよ。こないだ、鑑定したもの……！」

オルレアが主張するのに頷くイアルマスへ、ララジャは事の顚末《てんまつ》を語った。

キャットロブ商店《トレーディングポスト》を訪れて、自分の目を盗み、売却金ごと品物をせしめた男。

かつて盗まれた直後に探し回った時は、顔すら思い出せなかった。だが、今見て、わかる。

もはやその形相は変わり果ててはいたけれど――……間違いないと、そう思えた。

「何やってんのよ……」

呆《あき》れ顔のオルレアに、ララジャは「うるせえ」と毒づいた。

「お前こそ、この距離でわかんのかよ」

「鑑定はただ目で見るわけじゃないもの。わかるわよ」

小さな胸を威張るように突き出してオルレアは唸った。侮られるのは気に入らない。

だが、そうなるとわからないのは――と、頭の周りに疑問符を浮かべた、ベルカナン。

「それって、何の意味があるんだろ……？」

回復の指輪は、その名の通り、身につけていると傷を癒やす魔法の指輪だ。

そして死の指輪は、ただ持っているだけでその生命を吸い取る恐るべき品。

この二つを同時に持って、何の意味がある？

いや、仮に意味があるとしても、それであんな怪物に――……。

「おかしくなるのさ」

答えは、やはりイアルマスが出していた。

「――――――!!」

唸り声をあげて襲いかかってくる奴を、イアルマスの刀が易々《やすやす》と切り裂く。

明らかに命を奪うに足る一撃だというのに、怪物はただ斬られ、怯《ひる》む、それだけ。

斬られて転がされ、その分かたれた体を繋《つな》ぎ合わせながら、ゆらりと立ち上がる。

その鈍重な動きを、イアルマスは油断なく目で追っていた。

「生命と死、それが拮抗《きっこう》して、妙な事になる。死ななくなる。そういう類《たぐい》だ、アレは」

「じゃ、やっぱりアンデッド……？」

「死ななくなるだけだ。不死というわけじゃあない」

ベルカナンの問いを、イアルマスは否定する。

つまり――やりようはいくらでもある、という事か。

——どうしたものか。

イアルマスは、黙考する。

普段ならば、ララジャに、ベルカナンに、オルレアに、そしてガーベイジに任せるままだ。

それは彼らの冒険だからだ。

だが——……今回は——……。

「ｗｏｕａａｈ!!」

ガーベイジが、吠えた。

いいから私にやらせろと、そういう声だった。表情だった。目をしていた。

イアルマスは、笑った。

ぐしゃりとその赤毛を、乱雑に掻《か》き混ぜる。「ｗｏｏｆ！」という抗議の声。

「せっかくだ。ララジャには関係ないかもしれんが、良いものを見せてやろう」

「あ……？」

戸惑うララジャを無視して、イアルマスは言った。此方《こちら》を睨む、青い瞳を見やって。

「見当付けて、斬ってこい」

いい、いい、いい。

ぎらりと、その瞳に剣呑《けんのん》な光が宿った。

§

それが何であるかといえば――……冒険者だったと言える。
死にたくなかった。楽して稼ぎたかった。
ちょっとした思いつきを実行できる自分は、賢いと思っていた。
それは賢さとはいっても小賢《こざか》しさの部類だった。彼はついぞ気づかなかったが……。
きっかけは、たまさか手に入れた貴重な回復の指輪だった。
どうやって……等という事は、わざわざ語るまでもない。
その指輪と、噂《うわさ》に聞く死の指輪。それを聞いて、ふと閃《ひらめ》いたのだ。
――両方つけたら、どうなる？
魔法の指輪というのは、基本的には一つしか効果をもたらさないものだ。
だがしかし、死の指輪は所持しているだけでも命を吸い取る。
であるならば、その状態で……命の指輪をつければ――……どうなる？
もちろん、苦労はした。
回復の指輪を手放す事無く金儲《かねもう》けに使う策を実行した時は、笑いが止まらなかった。
なんといっても金貨十五万枚だ！
その金を元手に、馬鹿な冒険者を騙《だま》くらかして、上手いこと死の指輪を手に入れた。
そして――その試みは上手くいったのだ。
彼は死ななかった。
二つの指輪を身につけた彼は、どんなに痛めつけられ、焼かれても、死ななかった。

今まではとても辿《たど》り着けないだろう二階、三階にも足を進める事ができた。
こんな力を他の誰にも教えるわけにはいかない。
モンスター配備《アロケーション》センターを踏破した時、彼はそう決意したのだ。
ましてや——地下四階で見つけた、この泉。
これを知っているのは自分だけだ。なら、これは自分のものだ。他の誰にも渡すまい。
迷宮を徘徊《はいかい》し、秘法に迫らんとする冒険者を殺し、自らの力量に悦に入る。
それは結局、単に小賢しいだけに過ぎなかったのだろう。
自分がもはや何になったのか、彼は気づきもしない。
かつて魔除《まよ》けの護符を手にした大魔道士がどうなったのかも、知りもしない。
だが——それでもそれにとっては幸福だったのだ。
今もそうだ。あの冒険者たちは自分に手も足も出ないではないか。
このまま、このまま——このまま殺して、そうすれば——……。
「《疾き風よ《ターイラー》》！」
その時、風が吹いた。

§

凄《すさ》まじい魔力が、風に乗って迷宮の中に渦巻いていた。

その中心点に立つ男の姿を、ベルカナンは、オルレアは、ララジャは確かに見ていた。
黒衣の男、死体漁《あさ》り、黒杖の――イアルマス。
魔法の使える戦士、あるいは剣を扱える魔術師。そのどちらかだろうと思っていた。
だが――……。
「《ターザンメ　ウォウアリフ《光と共に》》！」
これは、なんだ。
青白い光が風に乗って、まるで稲光《いなびかり》のように唸りながら迸《ほとばし》り始める。
オルレアの一つきりの瞳が見開かれる。ベルカナンが、喉を震わせた。
魔術の素養が一切無いララジャにもわかる。これは……やばい。
笑っているのは――ガーベイジだけ。
「《イエーター《解放されよ》》!!」
白。
閃光としか表現できぬ、それは圧倒的な光と熱と、そして風だった。
音を掻き消すような轟音《ごうおん》と共に解放されたそれは、一挙に迷宮を塗り潰《つぶ》す。
《核撃《ティルトウェイト》》。
「――――……!!　!?」
その光に焼かれながら、しかしそれはまだのたうち、蠢いていた。
体を焼き焦がされ、散滅させながらも、まだ二つの指輪は彼に死ぬことを許さない。

だが――ガーベイジは違った。

「Ｗｏｏｏｏｕ！　Ｏｕｕｕｕｕｕｕｕｈ!!」

彼女の手にある宝剣、退魔の剣、ハースニールは違った。

咆吼《ほうこう》と共に飛び込んだ少女が揮う剣は、《核撃《ティルトウェイト》》の光すらも切り裂いて奔《はし》った。

ぐるんと虚空で体を捻り、踊るようにして解き放たれる一閃。

それは《核撃《ティルトウェイト》》を断ち切り、そして――それの首を、刎ねた。

「――――――――――!?!?!!？」

致命的一撃《クリティカルヒット》。

音もなく切り飛ばされたその首は、くるくると宙を舞う中で、灼《や》かれて消えた。

それは最後まで、自分がどうして滅んだのかを、知る事は無かっただろう。

§

ざ、と。高熱に炙《あぶ》られた石畳の上に、ガーベイジが軽々と降り立った。

「ｈｏｏｏｏｏｏｏｏｗｗｗｗｌｌｌ!!」

彼女は勝ち鬨《どき》を上げるべく甲高く吠え、肩にハースニールを担いでご満悦。

自分の手で奴を滅ぼせたことが、いたく嬉しいらしかった、が――……。

「死なないだけだ。不死身じゃあない」

対してイアルマスは、やれやれと言った様子でもったいぶって、長く息を吐いた。

「肉体を一度に滅ぼすか……首を落とせば、やはり死ぬのさ」

言いたいことは、わかる。なるほど、そうだ。確かに、そうかもしれない。

問題は、その手段だ。

「い、今の……って」

「《核撃《ティルトウェイト》》……」

オルレアとベルカナンが、呆然《ぼうぜん》とした様子で顔を見合わせ、共通の見解に辿《たど》り着く。

第七階梯《かいてい》。

伝説に唄われる魔道が真実となりうるこの迷宮でも、未《いま》だ知られざる呪文。

それを事も無げに使ってのけたその意味を、魔術の徒である彼女らがわからぬはずもない。

理解していないのはガーベイジと……ララジャだ。

いや、そのララジャにも、今の呪文が恐ろしいものだという事はわかる。

「あんた、そんな呪文があるなら、なんで……！」

「普段から使えなどとは言ってくれるなよ」

イアルマスは肩を竦《すく》めて、事も無げに言った。

なるほど、確かに《核撃《ティルトウェイト》》は強力な呪文だ。威力は見ての通りだ。

だが――――……。

「《核撃《ティルトウェイト》》一発で片付くなんて、運の良い方だ」

これが絶対、最強の一撃だなど、そんな甘い考えが通るなら、此処は迷宮ではない。

いざという時のための切り札。それ以上でも、それ以下でもない。

頼みにはしても……一つ覚えに使い倒すのは、愚か者のすることだ。

「……あれを連射しなきゃいけない時が来るって？」

「実際、見ただろう？」

赤の竜。上位魔神。そして……正体不明の魔物。

ひとつひとつが別々に現れるのではなく……立て続けに現れたら。

いや、そもそも――あの恐るべき未知の存在とて、決して滅んだわけではない。

ララジャはふと、足下を見やった。

焼け焦げた石畳だ。そう見える。その遙《はる》か下。どこまでも……深い、迷宮の底。

「そういうものの上に、俺たちは立っているのさ」

イアルマスはそう言うと、自身の外套《がいとう》を脱いで、ララジャに投げて寄越した。

「うお……!?」

「落とすなよ」

続いて黒杖。籠手具足を脱ぎ、胸当ても外す。

すっかり軽装となったイアルマスに、ララジャはなかなか見れないな、と思う。

いい加減自分も、感覚が麻痺《まひ》してきたのかもしれない。引きつった笑い。

「……どうすんだ？」

「泉に潜る。深いところの水が欲しい」

この底の見えない水たまり——水場に？

ララジャは思わずイアルマスと並んで、水面を覗《のぞ》き込んだ。

青く、澄んでいて、けれど果てしない——底が見えない。迷宮と同様に。

「まあ万一はないと思うが、俺が溺れたら帰路は頼む」

「……引き上げて引きずって帰れって？　乾かすのが面倒くせえよ」

「放っておいてくれても構わんよ」

本気か冗句《ジョーク》かわからないイアルマスの一言を、ララジャは鼻で笑った。

「ゴムのアヒルは？」

「え、あ、う、うん……っ」

ベルカナンが大慌てで鞄《かばん》の中に手を突っ込んで、ごそごそと中身を探り始めた。

いろいろと物が入ってはいるが、無くすという事もあるまい。

そのうち出てくるだろうと、オルレアは深く息を吐いて、そしてイアルマスを睨んだ。

「後で呪文についてきちっと教えなさいよ」

嚙《か》み付くように、突き刺すように、その一つの瞳を細めて、声を尖らせる。

「あんたが何だか知らないけど、呪文知ってるなら教わらない手は無いでしょ」

「あ、ぼ、僕も！」

「良いとも」

慌てて手を上げたベルカナン共々、こうもあっさり承諾されるとは思わなかった。

オルレアとベルカナン、身長差のある二人は、思わずお互い顔を見合わせる。

もっと渋られるか、誤魔化されるか、そう思っていたのだが――……。

「俺の冒険ならともかく、お前らの冒険だからな」

「Ｂｏｗ‼」

その返答を、意図してかどうか、ガーベイジが遮るように吠えた。

イアルマスは思わず黙って、彼女を見た。

ガーベイジは、ハースニールを担いで、噛み付くような顔をしていた。

その澄んだ青い瞳で、苛立《いらだ》たしげにじろりとイアルマスを睨みつけるあたり――……。

「早くしろ、かな……？」

「子分が泳げないとか情けないって言ってるのかもよ？」

ベルカナンとオルレアが、当てずっぽうに読み取って、笑った。

何にせよ――……何にせよだ。

「待っててやるから、潜って来いよ」

ララジャは言った。

自分たちが未熟だと思われるのは腹立たしいし、関係ないと言われるのもむかつく。

別に仲間だからとか何だとか、そんなこっぱずかしい事を言う気もない。

冒険者のパーティとは、そういうものじゃない。

それくらい、ララジャにだってわかっているのだ。

「ふむ……」イアルマスは、興味深そうに言った。「では、さっさと潜るとしよう」

「でもこれ、えっと……アヒルって、何の意味があるの？」

「ああ、それか」

おずおずとベルカナンが差し出したゴムのアヒルを受け取って、イアルマスは笑った。

「こいつを持ってるとな、溺れないんだ」

そして、大きな水音が迷宮に響いた。

§

「やァ」

「む……」

カント寺院へと続く参道で、白外套《がいとう》と黒外套の二人がばたりと行き会った。

色も違えば背も違う。にやついた笑顔と、陰鬱な顔も。圃人《ほびと》の娘と、人の男。

「なんだ、まだ死体回収なんてやってンの？　相変わらず金貨投げて？」

「そろそろ、進む気ではいる」

「早くしないとボクが先越しちゃうけどね」

「どうだろうな」

挑発的な言葉にもイアルマスが聞かないので、レグナーはつまらなさそうに鼻を鳴らす。

「懐古趣味も過ぎると死んじゃうぜ？　灰どころか消失《ロスト》」

「次の冒険者が上手くやるさ」

うへぇ。そんな声が出そうなくらい、レグナーは遠慮無く顔をしかめた。

その表情すらも、イアルマスは頓着せずに首を横に振る。

「そっちはどうした、死人が出たか？」

「んーにゃ。ボクんトコのニンジャが爆発四散したんで復活させた」

「ふぅん、そうか」

「ま、そっちは好きなだけ足踏みしてなよ。ボクはお先に失礼っ」

そうして、白外套の圃人《ほびと》は颯爽《さっそう》と駆け出して、階段を下っていく。

イアルマスはそれを振り返りもせず、まっすぐに階段を上っていった。

開かれた扉の向こう、カント寺院の礼拝堂は、賑わっていた。

いや、賑わい――というのも違うか――ならば、常日頃からそうだ。

冒険者たち。仲間の蘇生《そせい》や治療を願い、その死を悼む人々でごった返している。

だが、そう、今日はそれに加えて、神官たちがぱたぱたと走り回っている。

静謐《せいひつ》を尊ぶ神殿、寺院としては珍しいことだ。

イアルマスはそんなことを考えながら、奥に聳《そび》え立つカドルト神の像を見やった。

そしてその足下に傅《かしず》いて、祈りを捧《ささ》げるシスターの後ろ姿を見つめる。

ベールと銀髪、僧服でも、彼女の体の描く美しい稜線《りょうせん》は隠しきれるものではない。

やがてその尼僧は立ち上がり、くるりと此方を振り返る。長耳、欠けた両腕。

「あら、あら！　イアルマス様……！」

そして、満面の笑み。

シスター・アイニッキは軽やかな動きで、黒衣の冒険者のもとへと駆け寄ってきた。

「しばらくいらっしゃらないから、お見限りになられたのかとばかり」

「迷宮で死んでいるとは思わんのか」

「あら、だって……ねえ？」

彼女は、くすくすと鈴を転がすように、目を細めて笑った。

何がそんなに愉快なのかイアルマスはわからない。

わからないまま、アイニッキに導かれて寺院の片隅、長椅子の端へと腰を下ろす。

その隣へ、彼女はするりと優雅に尻を滑り込ませた。

「それで、どうされたのです？」

「少し捜し物をしていて、見つかったから来た」

「捜し物……」エルフの美しい瞳が、細められる。「例の護符、欠片ですか？」

「も少しばかり、役に立つものだな」

「――？」

小首を傾《かし》げるアイニッキのその丸みを帯びた膝の上に、イアルマスは小瓶を置いた。

聖水の空き瓶に収められたその中身は、青く澄んだ清らかな水だ。

アイニッキはそうっと、中身のない袖を上手くつかって、瓶を持ち上げた。

とぷんと、微かな音を立てて液体が揺れる。

「これは……」

「癒やしの泉の水だ。深い層なら、若返りの力がある」

イアルマスは、淡々と言った。特に隠す事も無い。

「その腕も、治るだろう」

「――……」

アイニッキは、言葉を失ったようだった。

驚きもあったし、悦《よろこ》びもあった。腕が戻る事に対して、だけではない。

――ああ、まったく、この人ときたら……！

この無愛想で偏屈で奇特な冒険者は、責任を感じてくれていたのだ。

アイニッキは目を細め、花束をそうするように、その小さな瓶を胸元に抱き寄せた。

「別に、よろしかったのに」

この世の全てが神の思《おぼ》し召しではない。

だが、それでも幾許《いくばく》かは神の御意志だ。

ベイキングブレードを抜き放って尚「生きろ」と言われたのなら……。

――腕の一本や二本くらい、受け入れようと思っていたのに。

「これでは、いろいろと惜しくなってしまいますねえ……」

「それでこそ価値ある生だとかなんだとか、説教を垂れていなかったか？」

「そうなりますね」

アイニッキは、目を細めて頷いた。

だが、その意味を彼は気づいているのだろうか。

己の生の価値を高めているのは、彼自身の行いに他ならない。

イアルマスという冒険者の生の価値が上がる事が、自分の喜びだというのに！

「それから、回復の指輪もある。腕が戻ったからとて、すぐ元通りでもあるまい」

「薬指にでもつけましょうか？」

「つけたければ好きにしろ」

「冗談ですよ」

けれど、それをわざわざ伝えるのも――風情がない。

言葉にすべき事もあれば、しない方が良い事もあるのだ。

アイニッキはころころと笑いながら、意味ありげに流し目を送るに留《とど》めた。

「でも、腕が治るのが楽しみになってきました」

「そうかね」

「はい」

それで、この話は終わりだ。

二人は寺院の喧噪《けんそう》の中で、細々した、取るに足らぬ雑談を幾つか重ねた。

ガーベイジやラジャ、ベルカナン、オルレアの事。

オールスターズの動向。新しく頭角を現しつつある冒険者たちの話。

誰が死んだ。誰が生き返った。何が見つかった。どんな怪物が現れたか。

それは本来、冒険譚《ぼうけんたん》としては語られぬ、大した中身のあるものではない。

迷宮のある街で語られる――奇譚《きたん》のようなものだった。

そうして、ほどなくして。

「では、俺はもう行く」

イアルマスは、ゆっくりと立ち上がった。

「どうやら忙しいようだしな」

「ええ、とっても！　あなたのお陰で腕が治れば、私も巻き込まれてしまいますね」

「謝った方が良いか？」

「どうでしょうね」

意地悪く言ったアイニッキは、けれど不意に顔を引き締めて、イアルマスを見上げた。

「けれど、たぶん……あなたも巻き込まれると思いますよ？」

「ほう」

「なにしろ――……」

そう、今までの話が単なる幕間《まくあい》、奇譚であるというのならば。

「リルガミン王家の王子様が、近々《スケイル》に来られるそうなので」

冒険譚は、この後に始まるのだ。

あとがき

ドーモ、蝸牛くもです！

ブレイド＆バスタード四巻、楽しんでいただけましたでしょうか？

精一杯に頑張って書きましたので、楽しんでいただけましたら幸いです。


今回は骨休めという形で、《スケイル》の様々な冒険者たちの一幕となっております。

ウィザードリィ関連作品の中に、こういう形の、大好きな小説作品がありまして……えへへ。

結局のところイアルマスたち「だけ」で全てが回っているわけではありませんからね。

他の冒険者たちがいるからこそ、全滅しても次があると思えるものです。

……まあ、そもそも全滅したくはないですが。リセット、リセットボタン……！


全滅といえば、ついに、ついに、また狂王の試練場に挑めるようになりました。

先達て、DIGITAL ECLIPSE社さんよりリメイク版が発売されました『ウィザードリィ』。

早速自分も購入させて頂いて、わあいと大喜びで迷宮に挑戦している真っ最中であります。

かつての記憶と同じところもあり、違うところもあり、ひりついた感じは変わらず……。

一歩一歩、一戦一戦をドキドキしながら試練場を歩き回っております。

これはロケハン……ロケハンなので……お仕事……！

実際こうして『ウィザードリィ』を遊んでいますと、まるで夢のようだと思うことしきりです。

ドリコムさんの方でも色々とウィズの企画が動いているようで、私も色々心待ちにしています。

大好きな、偉大なゲームに末席といえど携わっている以上、自分も気合を入れていきませんと。

子どもの頃の自分に、こんな事を言っても絶対に信じないでしょうけれど。

何やかや、十年、二十年と続けていくと、辿り着くこともあるのですね。

自分は様々な面で多分に運が良かったのだなあと思うことしきりです。

あの日、本屋で『ウィザードリィ4コマまんが王国』を手に取らねばどうなっていたことか。

それ以前からウィザードリィの存在こそ知っていましたが、もっと遠い存在だったでしょう。

あの漫画を読んでから、私はウィズの世界に入り、先達の冒険者の足跡を辿ってきました。

私のあかがね色の本は『ソーサリー』だと思っていましたが、どうも、もう一冊あったようです。

まったく本当に、冒険というのは思いがけないところから始まるものなのですね。


そんなわけで第五巻では、また新たな冒険にイアルマスは赴くことになります。

まだまだ迷宮の奥底には未踏の深淵が広がっております。

自分もイアルマスともども長くこの迷宮を探索していけるよう、頑張っていきたいと思います。

皆さんがそれを応援して下さるなら、これ以上の喜びはありません。


それでは、また。

呪われ料理人は迷宮でモフミミ少女たちを育てます

棚架ユウ
[イラスト] るろお

子供を助けて死んでしまった褒美に、神によって異世界へトールという名前で転生することになった鈴木浩一。

魔物を料理できるチート魔法を授かったものの、彼を売ろうとしていたクズ親が死んでしまい、天涯孤独のサバイバル生活を強いられる。

そんな折、瀕死状態となった2人の獣人の子供を見つける。自らの生活も苦しい状況だったため、本来であれば関わらないのが一番だが――

「俺に、モフミミを見捨てるなどという選択肢は存在しない!」

獣人幼女達と共に魔物を喰らいつくす冒険が幕を開ける!

DRE NOVELS

隠居暮らしのおっさん、女王陛下の剣となる
～引退騎士は娘のために王国筆頭騎士に返り咲く～

天酒之瓢
［イラスト］みことあけみ

「父親の名は『ワット・シアーズ』。私はあなたに会いに来たのです」

　王国筆頭騎士を引退後、最辺境の街で巨大な人型機械「鉄獣機《マシンスティール》」を操縦、貨物運びをする毎日を送るワット・シアーズ。ときには「鉄獣機」乗りの師匠、ときには街の仲裁役としてお人好しながら頼られるおっさんとして残りの余生を過ごすはずだったが、自分の娘と名乗る少女アンナとの出会いを機に、彼の騎士としての物語が再び動き出す。

「……『継承選争』が、始まったのです」

　次期国王を選ぶための争い『継承選争』。王国を巻き込んだ出来事は娘《女王》の剣として、王国最強の騎士に復帰するきっかけとなり――。

DRE NOVELS

DRE NOVELS

ブレイド&バスタード4
－迷宮街冒険奇譚－

2024年7月10日　初版第一刷発行

著者　蝸牛くも

発行者　宮崎誠司

発行所　株式会社ドリコム
〒141-6019　東京都品川区大崎2-1-1
TEL　050-3101-9968

発売元　株式会社星雲社（共同出版社・流通責任出版社）
〒112-0005　東京都文京区水道1-3-30
TEL　03-3868-3275

担当編集　小原豪

装丁　AFTERGLOW

印刷所　TOPPANクロレ株式会社

Printed in Japan
ISBN978-4-434-34124-3